AUTOR
WILLIAM SHAKESPEARE

MACBETH

PÉ da letra

AUTOR

WILLIAM SHAKESPEARE

MACBETH

Tradução
Erika Patrícia Moreira
João Pedro Nodari

Revisão
Ana Carolina Morais

Pé da letra

Dados Internacionais de Catalogação na Publicação (CIP)
Angélica Ilacqua CRB-8/7057

Shakespeare, William, 1564-1616

MacBeth / William Shakespeare ; tradução de Erika Patrícia Moreira. -- Brasil : Pé da Letra, 2021.
144 p : il. color. 16 x 23 cm

ISBN 978-65-5888-383-8
Título original: MacBeth

1. Teatro inglês I. Literatura inglesa I. Título II. Moreira, Erika Patrícia III. Nodari, João Pedro.

21-3928 CDD 822

Índices para catálogo sistemático:
1. Teatro inglês

Diretor
James Misse

Coordenação Editorial
James Misse

Direção de Arte
Luciano F. Marcon

Diagramação
Luciano F. Marcon

Tradução
Erika Patrícia Moreira
João Pedro Nodari

Revisão
Ana Carolina Morais

Contato
atendimento@editorapedaletra.com.br

1ª edição em 2021
www.editorapedaletra.com.br

SUMÁRIO

ATO I

CENA I

Lugar deserto. Trovões e relâmpagos.

Entram três bruxas.

PRIMEIRA BRUXA

Quando nós três nos encontraremos novamente? No trovão, relâmpago ou chuva?

SEGUNDA BRUXA

Quando o tumulto terminar e vencida estiver esta batalha.

TERCEIRA BRUXA

Isso será antes do pôr do sol.

PRIMEIRA BRUXA

Onde?

SEGUNDA BRUXA

Sobre a charneca.

TERCEIRA BRUXA

Para encontrarmos Macbeth.

PRIMEIRA BRUXA

Eu vou, Graymalkin!

SEGUNDA BRUXA

Paddock chama.

TERCEIRA BRUXA

Depressa!

TODAS

São iguais o belo e o feio; andemos da névoa em meio.

(Saem.)

CENA II

Um campo perto de Forres.

Alarum dentro.

Entram o rei Duncan, Malcolm, Donalbain, Lennox e pessoas do séquito. Encontram um sargento ferido sangrando.

DUNCAN

Quem é esse indivíduo ensanguentado? Pelo que mostra, pode dizer algo sobre o estado recente da revolta.

MALCOLM

É o sargento que, como bom e resistente soldado, me livrou do cativeiro. Salve, bravo amigo! Diga ao rei quanto sabes da luta até o momento em que esteve lá.

SARGENTO

Duvidoso era o desfecho, como dois cansados nadadores que se atravessam, tendo o nado mutuamente prejudicado. O impiedoso Macdonwald, digno em tudo de ser mesmo um rebelde, que as inúmeras vilanias do mundo em torno dele como enxames esvoaçam, recebeu suprimento das ilhas do oeste de Quernes e Galowglasses; e a fortuna, rindo para sua pelea amaldiçoada, mostrou-se prostituta de um rebelde. Mas tudo isso foi fraco demais, porque o bravo Macbeth, merece o título, desdenhando a fortuna, de aço em punho, a fumegar da execução sangrenta, tal como o favorito da bravura, soube abrir caminho até postar-se bem na frente do escravo, não lhe tendo apertado a mão nem se despediu dele, enquanto de alto a baixo não o rasgou e em nossos parapeitos pendurou-lhe a cabeça.

DUNCAN

O valente primo! Digno cavalheiro!

SARGENTO

Como nascem tempestades terríveis e arrebentam pavorosos trovões do mesmo lado em que o sol surge: da mesma fonte, assim, de onde o socorro parecia manar, surgiu o alarme. Presta atenção agora, rei da Escócia: mal havia a justiça, redobrada pelo valor, forçado os ágeis Kerns a confiar nos próprios calcanhares, quando o senhor dos noruegueses, tendo percebido a vantagem, com armas polidas e novos suprimentos de homens, recomeçou o ataque.

DUNCAN

E por acaso isso não causou temor em nossos soldados Banquo e Macbeth?

SARGENTO

Sim; como os pardais às águias ou a lebre ao leão. Para dizer o que houve, terei de relatar que pareciam canhões com dupla carga reforçados. Assim eles atingiam o inimigo com duplos golpes. Se queriam banhar-se em fumegantes feridas, se dar fama a um outro Gólgota, não sei dizê-lo. Mas estou fraco; meus cortes clamam por socorro.

DUNCAN

Tão bem as tuas palavras se tornam em ti como as tuas feridas; legítimo sabor de honra. Vá buscar um cirurgião para ele.

(Sai o sargento, acompanhado.)

(Entra Ross.)

Quem vem aí?

MALCOLM

O digno agradecimento de Ross. Que pressa passa por seus olhos! O olhar de quem traz notícias estranhas.

ROSS

Que Deus proteja o rei.

DUNCAN

Donde vens, digno thane?

ROSS

De Fife, grande rei, onde as bandeiras norueguesas zombam do céu e deixam nosso povo frio. O soberano norueguês em pessoa, com terrível número, reforçado pelo thane de Cawdor o traidor desleal, deu início a um conflito pavoroso, até que o forte noivo de Belona, à prova de valor, veio com ele enfrentar-lhe em combate singular, espada contra espada, braço contra braço rebelde, e fez que seu espírito altivo se curvasse. E concluindo: a vitória nos sorriu.

DUNCAN

Grande felicidade!

ROSS

Por isso agora Sweno, o rei dos noruegueses, anseia por paz. Mas não o deixamos sepultar os mortos sem que, antes, em Saint Colme, dez mil dólares tenham sido pagos.

DUNCAN

Jamais de novo há de trair o thane de Cawdor nosso afeto. Sem delongas o condenai à morte e com seu título saudai Macbeth.

ROSS

A mim tomo esse encargo.

DUNCAN

Deixe Macbeth folgar do que para ele é amargo.

(Saem.)

CENA III

Uma charneca perto de Forres. Trovões.

Entram as três bruxas.

PRIMEIRA BRUXA

Onde você esteve, irmã?

SEGUNDA BRUXA

Matando porco.

TERCEIRA BRUXA

E tu, irmã?

PRIMEIRA BRUXA

A mulher de um marujo tinha o regaço cheio de castanhas, e mastigava, mascava, mastigava. "Dê-me uma", lhe disse. "Vai-te embora, bruxa!", grita-me a gorda comedora de babugem. Em caminho de Alepo está o marido, como chefe do "Tigre". Mas como rato cotoco, numa perna vou só. E roque, roque, roque!

SEGUNDA BRUXA

Vou te dar um bom vento.

PRIMEIRA BRUXA

Você é gentil.

TERCEIRA BRUXA

Com mais um podes contar.

PRIMEIRA BRUXA

Saberei outros achar e os portos de mais zunidos e os pontos deles sabidos na carta dos marinheiros. Vou deixá-lo como enguia, sem que o sono, noite e dia, lhe baixe aos olhos um nada. Vai ser vida amaldiçoada. Fraco e magro, nem se move; e embora não perca o barco, de tufões não será poupado. Olha o que eu trouxe!

SEGUNDA BRUXA

Mostra-me! Mostra-me!

PRIMEIRA BRUXA

Aqui eu tenho um polegar de piloto, ele voltou para casa destruído.

"Barulho de tambor, dentro".

TERCEIRA BRUXA

Tambor! Tambor! Eis Macbeth, o vencedor!

TODAS

As estranhas irmãs, de mãos dadas, por estradas não batidas, por mar e terra se vão.

Três para ti, três a mim. Três para nove no fim. Silêncio! O encanto está pronto.

(Entram Macbeth e Banquo.)

MACBETH

Nunca vi dia assim, tão feio e belo.

BANQUO

A que distância ainda se encontra Forres? Quem são essas criaturas tão murchas e de trajes tão selvagens, que não se parecem com os habitantes da terra. Acaso tendes vida? Compreendem minhas perguntas? Pareceis compreender-me, pois a um tempo levais os dedos ósseos a esses lábios enrrugados. Quase achei que fossem mulheres; no entanto vossas barbas não me permitem dar-vos esse título.

MACBETH

Fale, se puder: quem são vocês?

PRIMEIRA BRUXA

Viva, viva Macbeth! Nós te saudamos, thane de Glamis!

SEGUNDA BRUXA

Viva, viva Macbeth! Nós te saudamos, thane de Cawdor!

TERCEIRA BRUXA

Viva Macbeth, que mais tarde se tornará rei!

BANQUO

Bom senhor, por que você começa; e parece temer coisas que parecem tão justas? Em nome da verdade, sereis imaginárias ou reais?

Meu nobre companheiro foi saudado com títulos, por vós, de atual valia e grande predição de seres nobres e de real esperança, que parece deixá-lo arrebatado. Porém nada me dissestes. Se podeis ver o tempo planta e predizer quais as sementes que hão de brotar, quais não, falai comigo, que não procuro nem receio vosso ódio ou vosso favor.

PRIMEIRA BRUXA

Salve!

SEGUNDA BRUXA

Salve!

TERCEIRA BRUXA

Salve!

PRIMEIRA BRUXA

Menor do que Macbeth, porém maior!

SEGUNDA BRUXA

Não tão feliz, mas muito mais feliz!

TERCEIRA BRUXA

Gerará reis, embora não sejas!
Portanto, salve, Macbeth e Banquo!

PRIMEIRA BRUXA

Viva Banquo e Macbeth! A todos, viva!

MACBETH

Fiquem, oradoras imperfeitas, digam-me mais. Pela morte de Sinel, eu fiquei thane de Glamis; mas e Cawdor? Vive o thane de Cawdor, homem gentil e muito próspero; e ser rei ultrapassa os horizontes da crença tanto ou mais do que ser Cawdor. Diga de onde tirastes tão extraordinária notícia e por que causa nos fizestes parar nesta charneca desolada, com saudações proféticas? Intimo-vos a me falar.

(As bruxas desaparecem.)

BANQUO

A terra tem borbulhas, tal como a água. Elas são justamente isso. Mas para onde sumiram?

MACBETH

No ar; e tudo quanto nos parecia ser corpóreo se fundiu como ao vento nosso hálito. Oh! Se tivessem demorado um pouco!

BANQUO

Aqui estiveram mesmo, essas criaturas sobre a qual falamos, ou teríamos comido da raiz que deixa prisioneira a razão?

MACBETH

Seus filhos serão reis.

BANQUO

Você será rei.

MACBETH

E assim, thane de Cawdor. Não foi isso?

BANQUO

Esse, o tom e as palavras. Quem vem vindo?

(Entram Ross e Angus.)

ROSS

O rei recebeu com alegria, Macbeth, as notícias de seu sucesso; e quando ele lê tua aventura pessoal na luta dos rebeldes, põem-se nele a lutar os elogios e a admiração sobre que parte fora justo te reservar, qual a ele próprio. Se sobre isso não fala, resumindo o que aconteceu neste dia extraordinário, descobre-te na fila dos intrépidos noruegueses, Destemido ante as formas da morte estranhas por ti próprio criadas. Abundantes como granizo, os mensageiros se sucediam, todos portadores de exaltações para ti nesta grandiosa defesa de seu reino, derramando-lhe aos pés os elogios.

ANGUS

Nós somos enviados para te dar graças de nosso real mestre e te levarmos à sua frente, não para pagar-te.

ROSS

E como garantias de uma honra mais vultuosa, por ele devo te chamar de thane de Cawdor. Salve, pois, tão digno thane, por essa promoção, pois teu é o título.

BANQUO

Como! Falou o diabo, então, a verdade?

MACBETH

O thane de Cawdor vive: por que você me veste em mantos emprestados?

ANGUS

Thane ainda está vivo, mas sob pesado juízo a vida se acha que ele desperdiçou. Ou mantivesse combinação com os próprios noruegueses, ou por meios secretos os rebeldes procurassem auxiliar, ou dos dois lados se empenhasse na ruína de sua pátria, não sei dizê-lo; mas o certo é que altas traições, já confessadas e provadas, o fizeram cair.

MACBETH

(À parte)

Glamis e thane de Cawdor... O maior virá a seu tempo.

(A Ross e Angus.)

Obrigado por suas dores.

(A Banquo.)

Você não espera que seus filhos sejam reis, uma vez que as que de thane de Cawdor me chamaram, prometeram para vocês coisas tão grandes quanto?

BANQUO

Uma grande confiança na promessa poderia vos inflamar para chegar ao trono, mais que thane de Cawdor. Mas é estranho; por vezes, para nos perdermos, contam-nos os agentes das trevas alguns fatos verídicos, seduzem-nos com coisas inocentes, porém triviais, para nos arrastar até consequências incalculáveis. Primo, uma palavrinha, por favor.

MACBETH

(À parte.)

Duas verdades são ditas, prólogo feliz do ato elevado, cujo tema é simplesmente real.

Muito obrigado senhores.

(À parte.)

Essa solicitação tão sobrenatural pode ser boa, como pode ser má... Se não for boa, por que me deu garantias de bom êxito, relatando a verdade? Sou o thane de Cawdor. Sendo boa, por que causa ceder à sugestão, cuja imagem tão horrível os cabelos me arrepiam, fazendo que me bata nas costelas o coração tão firme, contra as normas da natureza? O medo que sentimos é menos justo de temer que as mais terríveis, mas fictícias criações. Meu pensamento no qual o crime por enquanto é apenas um fantasma, a tal ponto o pobre reino de minha alma sacode, que esmagada se torna a vida pela fantasia, sem que haja nada além do que não é.

BANQUO

Olha, como nosso parceiro está admirado.

MACBETH

(À parte.)

Se o acaso quer que eu seja rei, o acaso me poderá coroar sem que eu nada faça.

BANQUO

As honras mais recentes caem nele como em nós roupa nova, que somente com o uso vêm a se ajeitar no corpo.

MACBETH

(À parte.)

Venha o que vier, que a hora da alegria chega depois do mais cansado dia.

BANQUO

Digno Macbeth, por vós é que esperamos.

MACBETH

Desculpai-me; mas meu cérebro entorpecido foi forjado com coisas esquecidas. Amáveis senhores, suas dores são registradas onde todos os dias eu volto a folha para lê-las. Procuremos o rei.

(A Banquo.)

Pensai no que houve, que mais tarde, depois de refletirmos, com o coração aberto falaremos.

BANQUO

Pois não.

MACBETH

Por hoje basta. Venham, amigos.

(Saem.)

CENA IV

Forres. O Palácio. Fanfarra.

Entram rei Duncan, Malcolm, Donalbain, Lennox e pessoas do séquito.

DUNCAN

Cawdor já foi executado? Os homens incumbidos do feito já retornaram?

MALCOLM

Meu senhor, eles ainda não voltaram. Mas falei com aquele que o viu morrer, que relatou que ele havia confessado francamente as traições, implorado o perdão de vossa alteza e revelado grande arrependimento. Nada em vida tanto o abrilhantou como o modo de deixá-la. Morreu tal como se houvesse estudado na hora da morte desfazer-se do mais precioso bem, como se fosse de menor valor.

DUNCAN

Não existe arte que ensine a ler no rosto as feições da alma. Era um nobre em quem depositava absoluta confiança.

(Entram Macbeth, Banquo, Ross e Angus.)

Ó digno primo! Nesse momento pesava-me o pecado de minha ingratidão. Tão na dianteira te encontras agora, que a mais veloz das asas se revela lenta demais para alcançar-te. Quem me dera que teus méritos fossem mais modestos, porque estivesse em mim a conta certa dos agradecimentos e da paga! Só me resta dizer-te que mereces mais, muito mais do que todos podem pagar.

MACBETH

O serviço e a lealdade que devo, por si mesmos se pagam, competindo tão somente a vossa honra contar sempre com nossa obrigação, consistindo está em bem servir o trono, o Estado, os filhos e os servidores, que só fazem quanto devem, fazendo tudo quanto podem com relação a vosso amor e honra.

DUNCAN

Bem-vindo aqui.

Eu te plantei, e vou trabalhar para que cresça. Nobre Banquo, que menos não fizeste e cujos feitos não devem ficar menos conhecidos; permite que te abrace e segure-te no meu coração.

BANQUO

Se eu crescer, a colheita é sua.

DUNCAN

Minhas muitas alegrias, devassos em plenitude, procuram se esconder em gotas de tristeza. Filhos, parentes, thanes, e vós outros que vos achais mais próximos: sabei que queremos reforçar nosso Estado em nosso primogênito Malcolm a quem nomeamos daqui para frente príncipe de Cumberland. Mas não há de essa honra a ele somente ornar. Não; como estrelas, títulos brilharão de alta nobreza sobre quem merecer.

(A Macbeth.)

Daqui sigamos para Inverness, a fim de que se concretizem minhas obrigações para convosco.

MACBETH

O resto é trabalho, que não é usado para ti: eu mesmo quero ser o aposentador de Vossa Alteza, para que deixem contentes os ouvidos de minha esposa com a notícia de que em breve estareis em nossa casa. Assim, despeço-me.

DUNCAN

Meu digno Cawdor!

MACBETH

(À parte)

O Príncipe de Cumberland! Isso é um passo em que devo cair, ou então saltar, pois no meu caminho está. Estrelas, escondam seus fogos; não deixe a luz ver meus desejos negros e profundos: que na frente da mão o olho se feche prestesmente; mas que se concretize o que, acabado, faça o olho estremecer de horrorizado.

(Sai)

DUNCAN

Banquo, verdadeiro e digno; ele é tão valente, dos elogios dele me alimento; são para mim banquete. Acompanhemo-lo. O cuidado dele vai na nossa frente para nos preparar o acolhimento. Não há parente igual.

(Fanfarras. Saem.)

CENA V

lnverness. Castelo de Macbeth.

Entra Lady Macbeth, lendo uma carta.

LADY MACBETH

"Elas me conheceram no dia do sucesso e pude verificar, pela mais exata confirmação, que são dotadas de conhecimento mais que humano. Quando eu ardia em desejos de continuar a interrogá-las, desfizeram-se em ar, no qual se dissiparam. Enquanto eu me encontrava tomado de estupor com o que acontecera, chegaram mensageiros do rei, que me cumprimentaram a uma voz como "Thane de Cawdor", título com que, antes, me haviam saudado as irmãs feiticeiras, referindo-se ao meu futuro por este modo: "Salve! Ainda virás a ser rei!". Pareceu-me bem comunicar-te o que se passou, companheira querida de minha grandeza, para que não viesses a perder a parte que te cabe dessa felicidade, com ignorares o futuro que te está prometido. Guarde-o ao teu coração, e adeus". Glamis tu és, e Cawdor; e será o que te foi prometido: ainda assim, temo a tua natureza. Está tão cheia do leite da bondade humana para pegar o caminho mais próximo. Desejaras ser grande, e não te encontras destituído, de todo, de ambição; porém careces da inerente maldade. O que desejas com fervor, desejaras santamente; não queres jogo ilícito, ruas queres ganhar mal. Desejaras, grande Glamis, possuir o que te grita: "Desse modo precisarás fazer, para que o tenhas!" Mas antes medo tens de fazer isso do que desejas que não fique feito. Vem para cá, para que meus espíritos nos ouvidos te deitem e com a ousadia de minha língua chicoteie quantos obstáculos te separam do áureo círculo com que o destino e o

auxílio metafísico como que desde já te coroaram.

(Entra um mensageiro.)

Quais são as suas notícias?

MENSAGEIRO

O rei vem aqui esta noite.

LADY MACBETH

Você está louco de dizer isso. Não está teu mestre com ele? Não deixaria de instruções mandar-me, para os preparativos.

MENSAGEIRO

Com licença, mas é verdade. Vai chegar o thane. Um dos meus camaradas tomou a frente dele, de estafa quase morto, mal lhe restando o fôlego preciso para dar o recado.

LADY MACBETH

Cuidem dele com carinho. Ele traz ótimas notícias.

(Sai o mensageiro.)

O próprio corvo está rouco de coaxar a entrada fatal de Duncan à minha fortaleza. Vinde, espíritos que os pensamentos de morte procuram, cheia me deixando, da cabeça até aos pés, da mais terrível crueldade! Engrossem sangue; obstruí os acessos da consciência, para que algum arrependimento da natureza não venha sacudir minha hórrida vontade, promovendo acordo entre ela e o ato. Ao feminino peito baixai-me, e fel bebei por leite, auxiliares do crime, de onde as vossas substâncias incorpóreas sempre se acham à espreita de desgraças deste mundo. Vem, noite espessa, e cubra-se no manto dos vapores do inferno mais sombrios, porque as feridas meu punhal agudo não veja que fizer, nem o céu possa espreitar através do escuro manto e gritar: “Para! Para!”

(Entra Macbeth.)

Grande Glamis! Digno Cawdor!

Maior do que ambos, ainda, pela futura saudação!

Tuas cartas me transportaram além deste presente ignorante, e eu sinto agora o futuro nesse instante.

MACBETH

Meu querido amor, Duncan chega esta noite.

LADY MACBETH

E quando vai embora?

MACBETH

Amanhã, como ele propõe.

LADY MACBETH

O sol, oh! Nunca, nunca verá esse amanhã. Seu rosto, meu thane, é como um livro onde os homens podem ler assuntos estranhos. Para o mundo enganardes, a aparência tomai do mundo; tende boas-vindas nas mãos, nos olhos e na própria língua; a todos parecei flor inocente, mas sede a serpe que na flor se esconde. Cuidemos do hóspede que chega, sendo que sob minha responsabilidade deveis deixar o grande negócio desta noite, que nos há de legar dias e noites de alegria, de mando soberano e de valia.

MACBETH

Falaremos mais adiante.

LADY MACBETH

Só te digo que mudança de voz é sinal de perigo. Deixa o resto comigo.

(Saem.)

CENA VI

O mesmo. Diante do castelo. Oboés e tochas.

Entram rei Duncan, Malcolm, Donalbain, Banquo, Lennox, Macduff, Ross, Angus e pessoas do séquito. Este castelo tem uma posição agradável. O ar agrada os sentidos delicados por maneira serena.

BANQUO

Os hóspedes do estio, as andorinhas, dos templos familiares, bem demonstram com seus ninhos mimosos que o celeste hálito aqui cativa com o perfume. Não há sacada, friso, arcobotante ou favorável canto em que esses pássaros não suspendam seu leito e o berço fértil. Onde eles gostam de viver, tenho observado, o ar é muito delicado

(Entra Lady Macbeth.)

DUNCAN

Veja, veja, nossa anfitriã honrada! O amor que nos segue às vezes é o nosso problema. Mas, sendo amor, agradecemos sempre. Aqui eu te ensino como você deve pedir a Deus por suas dores, e agradeça-nos pelo seu trabalho.

LADY MACBETH

Fossem duplos nossos trabalhos, sob qualquer aspecto, e depois redobrados, ainda foram coisinhas sem valor, se comparados com as honrarias grandes e profundas com que sobrecarrega nossa casa vossa alta majestade. Pelos velhos benefícios e as honras mais recentes que lhe acrescentastes, confessamo-nos como vossos devotos.

DUNCAN

Onde está o thane de Cawdor? Nós estávamos o acompanhando e tínhamos um propósito para ser seu fornecedor, mas ele cavalga bem. E seu grande amor, afiado como sua espora, à sua própria casa o trouxe antes de nós. Justa e nobre hospedeira, somos seus convidados esta noite.

LADY MACBETH

Seus servos sempre, eles próprios e seus haveres todos como simples depósito ao dispor de Vossa Alteza, pronto a ser devolvido.

DUNCAN

Me dê sua mão. Conduza-me ao meu anfitrião; nós o amamos muito e devemos continuar nossas graças para ele.

Com sua licença, anfitriã.

(Saem.)

CENA VII

Um quarto no castelo. Oboés e tochas.

Um trinchante atravessa o palco com diversos criados, que carregam pratos e acessórios da mesa. Depois entra Macbeth.

MACBETH

Seria bom fazer rapidamente. Se o assassino assumisse as consequências e alcançasse, com o fim, êxito pleno; se este golpe aqui fosse tudo, e tudo terminasse aqui embaixo, aqui somente, neste banco de areia da existência, a vida de após morte arriscaríamos. Mas é aqui mesmo nosso julgamento em semelhantes casos; só fazemos ensinar as sentenças sanguinárias que, uma vez aprendidas, em tormento do inventor se tornam. Essa justiça serena e equilibrada a nossos lábios apresenta o conteúdo envenenado da taça que nós mesmos prepararamos. Ele está aqui sob dupla salvaguarda. Primeiro, como sou seu parente e seu súdito, duas razões de força contra esse ato, depois, sou o hospedeiro, que deveria fechar a porta a seus assaltadores, não levantar contra ele minha faca. Além disso, este Duncan tem revelado tão brandas qualidades de regente, seu alto ofício tem exercitado por maneira tão pura que suas claras virtudes hão de reclamar, sem dúvida, contra o crime infernal de sua morte. E a piedade, tal como um recém-nascido despido, cavalgando a tempestade, ou querubim celeste que montasse nos corcéis invisíveis das rajadas, há de atirar esse ato inominável contra os olhos de todas as pessoas, até que o vento as lágrimas afoguem. Eu não tenho espora, para picar os flancos do meu projeto, mas somente a empolada ambição que, ultrapassando no salto a sela, vai cair sobre outrem.

(Entra Lady Macbeth.)

Quais as novidades?

LADY MACBETH

Já está no fim da ceia. Por que saístes?

MACBETH

Perguntou por mim?

LADY MACBETH

Você não sabe?

MACBETH

Não prosseguiremos nesse assunto. Muitas honras me fizeram ultimamente, havendo eu conquistado áureo conceito junto de toda gente, que desejo mostrar com o novo brilho, não de lado jogar sem mais nem menos.

LADY MACBETH

Encontra-se embriagada a esperança que até há pouco vos revestia? Adormeceu desde então? E despertou agora, tão verde e pálida a contemplar o que ela própria começara tão bem? Desde este instante para mim teu amor vale isso mesmo. Tens medo de nos atos e coragem mostrar-te igual ao que és em teus anelos? Queres vir a possuir o que avalias como ornamento máximo da vida, mas qual poltrão viver em tua estima, deixando que um "Não ouso" vá no rasto de um "Desejara", como o pobre gato de que fala o provérbio?

MACBETH

Paz, te peço. Ouso fazer tudo o que faz um homem; quem fizer mais, é que deixou de sê-lo.

LADY MACBETH

Que besta foi, então, que teve a ideia de me participar desse projeto? Quando você ousou fazer isso, então você era um homem, e, para ser mais do que você era, tanto mais homem se tornou. Nem hora nem lugar concordaram, no entanto, desejavas ajeitá-los, e ora que se acomodam por si mesmos, essa boa vontade vos abate! Já amamentei e sei como é incrivel amar a criança que meu leite mama; mas no momento em que me olhasse, rindo, o seio lhe tirara da boquinha desdentada e a cabeça lhe partira, se tivesse jurado, como o havíeis em relação a isso.

MACBETH

Se falharmos...

LADY MACBETH

Falharmos? Aperte vossa coragem até o ponto máximo, e não iremos falhar. Quando Duncan se puser a dormir, e a rude viagem de hoje o convidará para isso mesmo, ambos os camareiros de tal modo dominarei com vinho, que a memória, essa guarda do cérebro, irá virar fumaça. E quando os corpos nesse sono de porco se encontrarem, como se mortos fossem, que coisas não faremos em Duncan indefeso, que culpas não imputaremos a essas esponjas, para que fiquem responsáveis por nosso grande crime?

MACBETH

Só deves gerar filhos homens; pois tua coragem destemida só pode filhos homens nutrir. Será aceitável, quando houvermos besuntado de sangue os dois homens que dormem no seu quarto, e seus próprios punhais também usado, que foram eles os autores disso?

LADY MACBETH

Quem ousará pensar de outra maneira, quando nossas mágoas e clamor rugirem após sua morte?

MACBETH

Estou preparado e deixo tenso todos os nervos para esta façanha terrível.

Afaste-se e zombe do momento com uma reação mais justa: o rosto falso deve esconder o que o falso coração sabe.

(Saem.)

ATO II

CENA I

Pátio no interior do castelo.

Entram Banquo e Fleance, precedidos de um criado com uma tocha.

BANQUO

Quanto da noite já será, menino?

FLEANCE

A lua está baixa, mas eu não ouvi o relógio.

BANQUO

E ela se esconde às doze.

FLEANCE

É mais tarde que isso, senhor.

BANQUO

Espere, pegue minha espada. Há economia no céu; todas as luzes se apagaram. Pegue isso também.

Em mim se exerce uma pressão pesada como chumbo. No entanto, quisera não dormir. Detende em mim, poderes criadores, os pensamentos maus que a natureza permite aos que repousam.

(Entra Macbeth, acompanhado do criado, com uma tocha.)

Dê-me minha espada.

Quem está aí?

MACBETH

Um amigo.

BANQUO

O que, senhor, ainda não descansou? O rei já foi deitar-se; revelava uma alegria incomum, tendo enchido de grossos cabedais vossos celeiros. Com este diamante ele cumprimenta sua esposa, como à mais generosa das hospedeiras. Foi-se para o quarto com um contentamento sem limites.

MACBETH

Tomada de surpresa, nossa boa vontade se mostrou serva da falta. Se não, teria inteira liberdade.

BANQUO

Está tudo bem. Sonhei na noite passada com as três irmãs fatais; para você, elas mostraram alguma verdade.

MACBETH

Não penso nelas; no entanto, quando tivermos alguma hora favorável dedicaremos a isso umas palavras, se o tempo vos sobrar.

BANQUO

À sua vontade.

MACBETH

Será uma honra, se no tempo oportuno concordardes com meu modo de ver.

BANQUO

O ouvirei de bom grado se não vier a perdê-la no propósito

de fazê-la aumentar, puro deixando-me o coração e límpida a obediência.

MACBETH

Bom repouso, por enquanto!

BANQUO

Muito agradecido, meu senhor; iguais votos vos dirijo.

(Saem Banquo e Fleance.)

MACBETH

Vá pedir a sua senhora, que bata o sino quando minha bebida estiver pronta. Vá para a cama.

(Sai o criado.)

É uma adaga que vejo diante de mim, com a alça em direção à minha mão? Venha, deixa-me pegar. Não te apanhei ainda, no entanto te vejo sempre. Não serás sensível, visão funesta, ao tato como à vista? Ou não passas de uma adaga, simplesmente, do pensamento, uma criação fictícia, procedente do cérebro escaldante? Percebo-te, no entanto, e tão palpável como este que ora seguro. Me mostra a estrada que devo seguir e o instrumento que serei forçado a usar. Se meus olhos não se mostram joguete de meus outros sentidos, ultrapassam todos eles. Ainda te percebo, manchado o cabo e a lâmina de gotas de sangue que antes não estava neles. Não existe tal coisa; é o sanguinário projeto que a meus olhos toma forma. Em metade do mundo, neste instante, parece estar sem vida a natureza; os sonhos maus iludem sob as pálpebras o sono bem velado; feiticeiras exercem o rito singular da pálida Hécate; o imundo assassino, posto de alerta pela sua sentinela, o lobo, cujo uivar lhe serve de horas, com passo de ladrão e o andar furtivo de Tarquínio, da meta se aproxima, tal qual fantasma. Ó terra forte e sólida, não ouças o barulho de meus passos, seja qual for a direção que tomem, e que as próprias pedrinhas não propalem para onde eu vou e não façam dissipar o horror desta hora que tão bem lhe fica. Eu ameaço; ele vive; congelada pelo meu sopro a ação se torna em nada. O sino soa.

Já vou, e está feito, o sino me convida. Duncan, não ouças; é um chamado eterno que para o céu te leva ou para o inferno.

(Sai.)

CENA II

O mesmo.

Entra Lady Macbeth.

LADY MACBETH

Aquilo que os embriagou, tornou-me ousada; O que os extinguiu, deu-me fogo.

Ouvi! Silêncio! É o pio da coruja, sentinela fatal que augura a mais sinistra noite. Vai dar o golpe; a porta se acha aberta; o ressonar dos guardas embriagados zomba do ofício deles. Pus mistura na bebida de todos, de tal forma que a morte e a natureza neles lutam sobre se vão morrer ou ficar vivos.

MACBETH

Quem está aí? Olá!

LADY MACBETH

Que pena, eu temo que eles tenham acordado, e não está feito. O que nos confundi é a tentativa, somente, não a ação. Ouvi! De jeito deixei os punhais deles; não podiam ficar despercebidos. Se não fosse parecer-se no sono com meu pai, eu própria o realizara.

(Entra Macbeth.)

Meu marido!

Eu realizei o ato. Não ouviste um barulho?

LADY MACBETH

O pio, apenas, da coruja, e o grito do grilo. Não falastes?

MACBETH

Quando?

LADY MACBETH

Agora.

MACBETH

Quando eu descia?

LADY MACBETH

Sim.

MACBETH

Ouça!
Quem está naquele segundo quarto?

LADY MACBETH

Donalbain.

MACBETH

(Contemplando as mãos)
Oh, que visão lamentável!

LADY MACBETH

É um pensamento tolo dizer que é uma visão lamentável.

MACBETH

Um, no sono, sorriu, e o outro gritou: "Ai! Assassínio!", e, com isso, acordaram.

Escutando-os, me detive. Mas eles murmuraram orações, tão somente, e dispuseram-se a dormir outra vez.

LADY MACBETH

Os dois estão alojados juntos.

MACBETH

Um gritou: "Deus nos abençoe!" e "Amém", disse o outro; como se tivessem percebido as mãos sujas do carrasco. Ao ouvir-lhe o temor, não pude dizer "Amém", quando eles murmuraram: "Deus nos abençoe".

LADY MACBETH

Não será prudente pensar tanto sobre isso.

MACBETH

Por que causa não pude, então, dizer "Amém"? De bênção tinha necessidade mui premente; mas o "Amém" ficou preso na garganta.

LADY MACBETH

Não considere isso tão profundamente. Essas coisas não devem ser pensadas desse modo. Isso nos deixa loucos.

MACBETH

Uma voz pareceu-me ouvir, aos gritos de: "Não durmais! Macbeth matou o sono!", o meigo sono, o sono que desata a emaranhada teia dos cuidados, que é o sepulcro da vida cotidiana, banho das tarefas árduas, bálsamo dos corações feridos, a outra forma da grande natureza, o mais vigoroso fanfarrão do banquete da existência.

LADY MACBETH

O que você quer dizer?

MACBETH

Por toda a casa continuava a gritar: "Basta de sono! Não durmais! Glamis destruiu o sono! Por isso Cawdor já dormir não pode, Macbeth dormir não pode!"

LADY MACBETH

Quem gritava desse modo? Ora, meu digno thane, resguardai vossas nobres energias considerando as coisas por maneira tão doentia. Arranjai um pouco de água, para das mãos tirardes todas essas testemunhas manchadas. Por que causa trouxestes as adagas de onde se achavam? Precisam ficar lá. Tornai a pô-las em seus lugares e sujai de sangue os criados que ainda dormem.

MACBETH

Não irei mais, tenho medo de pensar no que fiz, não me atrevo de novo.

LADY MACBETH

Oh! Que vontade fraca! Dai-me as armas. Os mortos e os que dormem são pinturas, nada mais. É somente o olho da criança que tem medo do diabo desenhado. Se estiver a sangrar, deixarei tintos com isso o rosto de seus próprios criados, pois é preciso que pareça que eles cometeram o crime.

(Sai. Pancadas dentro.)

MACBETH

Onde batem? Que se passa comigo, para um simples ruído apavorar-me? E aquelas mãos, ai! Que os olhos me arrancam? Todo o oceano do potente Netuno poderia de tanto sangue a mão deixar-me limpa? Não; antes minha mão faria púrpura do mar universal, tornando rubro o que em si mesmo é verde.

(Volta Lady Macbeth.)

LADY MACBETH

De vossa cor as mãos agora tenho; mas de possuir ficara envergonhada um coração tão branco.

(Pancadas dentro.)

Ouvi! Novas batidas. Ide logo vestir vosso roupão; se nos chamarem, não devemos mostrar que não dormimos. Não deveis entregar-vos a essas cismas tão miseravelmente.

MACBETH

Para saber minha ação, é melhor não me conhecer.

(Pancadas dentro.)

Acordam Duncan batendo desse modo. Ah! Se acordasses!

(Saem.)

CENA III

O mesmo. Pancadas dentro.

Entra o porteiro.

PORTEIRO

Aqui está uma batida, de fato! Quem fosse porteiro no inferno não faria outra coisa senão virar a chave.

(Pancadas dentro.)

Bate, bate, bate! Quem está aí, em nome de Belzebu? Eis que chega um lavrador que se enforcou, na expectativa de uma boa colheita. Chegais na hora. Trazei boa carga de lenços, por isso que tereis de suar aqui a valer.

(Pancadas dentro.)

Bate, bate, bate! Quem está aí, em nome do outro diabo? Por minha fé, é um sujeito de língua equívoca, que poderia jurar em qualquer um dos pratos da balança, contra o outro prato, que cometeu bastantes traições por amor de Deus, mas não pôde equivocar o céu. Oh! Entrai, meu enganador!

(Pancadas dentro.)

Bate, bate, bate! Quem está aí? Por minha fé, é um alfaiate inglês que vem para cá por ter roubado uns calções franceses. Entrai, senhor alfaiate! Aqui podereis aquecer à vontade vosso ferro de engomar.

(Pancadas dentro.)

Bate, bate! Não há sossego de jeito nenhum. Quem sois? Mas, para o inferno, este lugar é muito frio. Não continuarei nele por mais tempo como porteiro do diabo. Tinha pensado em deixar entrar gente de todas as profissões, que vai para os fogos eternos pela estrada semeada de rosas.

(Pancadas dentro.)

Um momento! Um momento!

Por favor, não vos esqueçais do porteiro.

(Abre o portão.)

(Entram Macduff e Lennox.)

MACDUFF

Fostes, amigo, vos deitar tão tarde para demorar tanto a levantar-vos?

PORTEIRO

Em verdade, senhor, ficamos a beber até ao segundo canto do galo, e a bebida, senhor, é um grande provocador de três coisas.

MACDUFF

Quais são as três coisas que a bebida provoca especialmente?

PORTEIRO

Ora, senhor, nariz vermelho, sono e urinas. A luxuria, senhor, ela provoca e deixa sem efeito; provoca o desejo, mas impede a execução. Por isso pode-se dizer que a bebida usa de subterfúgios com a luxuria: ela a cria e a destrói; anima-a e desencoraja-a; fá-la ficar de pé e depois a obriga a não ficar de pé. Em resumo: leva-a a dormir com muita lábia e, lançando-lhe o desmentido, abandona-a a si mesma.

MACDUFF

Eu acredito que a bebida te enganou na noite passada.

PORTEIRO

Foi exatamente isso que ela fez comigo, senhor, pela garganta a dentro. Mas eu lhe dei o troco do desmentido; porque sendo, como penso ser, mais forte do que ela, embora por vezes ela me quisesse passar rasteira, acabei por jogá-la ao solo.

MACDUFF

Teu senhor já se levantou?

(Entra Macbeth.)

O barulho o despertou; aí vem ele.

LENNOX

Nobre senhor, bom dia.

MACBETH

Para todos, também, bom dia.

MACDUFF

O rei já está acordado, digno thane?

MACBETH

Não, ainda.

MACDUFF

Ele me ordenou a chamá-lo pontualmente e eu quase perdi a hora.

MACBETH

Vou levar-vos até onde ele se encontra.

MACDUFF

Sei que alegre vos deixa esse trabalho. Porém sempre será trabalho.

MACBETH

O trabalho agradável é remédio da canseira. Eis a porta.

MACDUFF

Vou tomar a liberdade de bater, pois a ordem que recebi foi essa.

(Sai.)

LENNOX

O rei parte hoje?

MACBETH

Parte; assim decidiu.

LENNOX

A noite toda foi desassossegada. Onde dormimos o vento derrubou a chaminé. Dizem que no ar se ouviram muitos prantos, gritos de morte estranhos, profecias, em terríveis acentos, de horrorosas devastações, confusos acidentes, ninhada destes tempos ominosos. Durante toda a noite a ave das trevas não deixou de piar. Dizem que a terra teve febre e tremeu.

MACBETH

Foi uma noite muito rude, em verdade.

LENNOX

Minha jovem memória não se lembra de outra igual.

(Volta Macduff.)

MACDUFF

Horror, horror, horror! Não pode a língua, não pode o coração nem te conceber nem te dar nome algum.

MACBETH E LENNOX

Qual é o problema?

MACDUFF

A confusão agora tornou sua obra-prima! Arrombou o sacrílego assassínio o templo ungido do Senhor, e a vida roubou do próprio altar.

MACBETH

Como dissestes? A vida?

LENNOX

Quer dizer sua majestade?

MACDUFF

Aproxime-se do quarto e destrua sua visão com uma nova Górgona, não me peça para falar; veja, e então fale você mesmo.

(Saem Macbeth e Lennox.)

Desperta, desperta! Toque o sino.

Traição e morte! Malcolm, Banquo, Donalbain, depressa, sacudi esse sono de penugem, simulacro da morte, e vinde a própria morte encarar. De pé! A imagem vede do grande julgamento. Malcolm! Banquo! Vinde como das tumbas, como espíritos, para ver este horror. Tocai o sino!

(Soa o sino.)

(Entra Lady Macbeth.)

LADY MACBETH

Que aconteceu aqui, para que, tão medonha, uma trombeta desperte os moradores desta casa, para parlamentar? Falai! Falai!

MACDUFF

Ó gentil dama, não deveis ouvir-me no que tenho a dizer. Esse relato, repetido ao ouvido de uma dama, produziria a morte.

(Entra Banquo.)

Ó Banquo! Banquo! Assassinado foi nosso real amo.

LADY MACBETH

Ai! como? Em nossa casa?

BANQUO

Muito cruel em qualquer lugar.

Caro Duff, desmente-te a ti próprio, por obséquio, e diga que isso não aconteceu.

(Voltam Macbeth e Lennox.)

MACBETH

Se eu tivesse morrido uma hora, apenas, antes de isto se dar, teria tido uma vida abençoada. Doravante nada mais há de sério no universo. Tudo é coisa sem importância; a honra e a glória já não existem. Esgotado se acha o vinho da existência, só restando simples borra no fundo desta adega com que possa vangloriar-se.

(Entram Malcolm e Donalbain.)

DONALBAIN

O que aconteceu?

MACBETH

Como! Estais vivos e não sabeis o que houve? A fonte, a origem, o princípio secaram de vosso sangue, a própria origem já parou de todo.

MACDUFF

Vosso real pai se encontra assassinado.

MALCOLM

Oh! E por quem?

LENNOX

Ao que parece, foram seus próprios camareiros que o mataram. De sangue o rosto e as mãos tinham manchados, como os punhais que sem bainha achamos sobre seus travesseiros. De olhar fixo se achavam, como desatentos. Não deviam ter-lhes confiado a vida de ninguém.

MACBETH

Agora me arrependo de os ter tirado de minha indignação.

MACDUFF

Por que você fez isso?

MACBETH

Quem pode ser sábio e perplexo, temperamental e furioso, leal e neutro ao mesmo tempo?

Ninguém. A diligência do meu amor violento deixou longe a razão vagarosa. Neste ponto se achava Duncan; as feridas abertas pareciam brechas da natureza, feitas para a entrada da ruína devastadora; além, os assassinos, embebidos da cor da profissão, monstruosamente recobertas de sangue as próprias armas... Quem poderia reprimir-se, tendo coração para amar e, nele, o brio de tornar conhecidas suas vocações?

LADY MACBETH

Ei, me tire daqui!

MACDUFF

Vede a senhora.

MALCOLM

(À parte, a Donalbain)

Por que seguramos as nossas línguas, se este caso de perto nos atinge mais que a todos?

DONALBAIN

(À parte, a Malcolm)

Por que falar aqui, onde o destino, a espiar de algum buraco, poderia lançar-se sobre nós? Fujamos; nossas lágrimas não estão bem preparadas.

MALCOLM

(À parte, a Donalbain)

Nem nossa forte tristeza para a vizinhança.

BANQUO

Socorrei a senhora.

(Lady Macbeth é levada para fora.)

E quando temos nossas fragilidades nuas escondidas, muito sensível na exposição, reunamo-nos a fim de interrogarmos esta obra enormemente sanguinária, para com mais vagar a conhecermos. A dúvida e o receio nos abalam. Na grande mão de Deus ora me encontro, disposto a combater as não sabidas intenções da malícia criminosa.

MACDUFF

Como eu.

TODOS

Como todos nós.

MACBETH

Com presteza viril nos aprontemos para em pouco nos reunirmos na sala.

TODOS

Bem pensado.

(Saem todos, com exceção de Malcolm e Donalbain.)

MALCOLM

Que pretendeis fazer? Não vamos nos associar a eles. É muito fácil para o homem fingido aparentar tristeza. Irei para a Inglaterra.

DONALBAIN

E eu para a Irlanda. Separados, assim, nossos destinos cuidarão de nós dois com maior zelo. Os sorrisos aqui punhais escondem. Quanto mais perto o sangue dos parentes, maior é a afinidade sanguinária.

MALCOLM

A mortífera flecha disparada ainda não atingiu o objetivo e nosso caminho mais seguro é evitar o alvo. A cavalo, portanto, sem perdermos tempo com despedidas delicadas. Saiamos de mansinho. Condenável não pode ser o roubo da prudência, quando não há nem rasto de demência.

(Saem.)

CENA IV

Lado de fora do castelo.

Entram Ross e um velho.

O VELHO

Posso lembrar-me bem de setenta anos; nesse espaço de tempo vi terríveis horas e coisas por demais estranhas; mas esta noite triste deixa longe tudo quanto até agora eu conhecia.

ROSS

Ah, bom pai, vês os céus, perturbados com a ação do homem, comina ameaças ao sanguíneo palco. Pelo relógio, é dia; no entanto, atrasa a lâmpada ambulante a noite tenebrosa. E tão potente a noite? É a vergonha do dia que permite que a treva cubra o rosto, assim, da terra, a que beijar devera a luz radiosa?

O VELHO

É contra a natureza, tal como o ato que aqui foi concluído. Na passada terça-feira um falcão que se gloriava no voo habitual, pego e morto foi por uma coruja caça-ratos.

ROSS

E os cavalos de Duncan, fato muito estranho, porém certo, tão velozes e formosos, ornatos de sua raça, tornaram-se selvagens, as cocheiras arrebentaram, contra as ordens todas, puseram-se a correr, como querendo guerrear a humanidade.

O VELHO

Dizem que eles se devoraram mutuamente.

ROSS

É certo; para perplexidade destes olhos, que tudo presenciaram. Aí vem vindo o bondoso Macduff.

(Entra Macduff)

Como vai o mundo agora, senhor?

MACDUFF

Então, não consegue ver?

ROSS

Não se sabe quem fez esse ato sangrento?

MACDUFF

Aqueles que foram apunhalados por Macbeth.

ROSS

Oh dia! E acaso a que vantagens buscavam?

MACDUFF

Estavam subornados; os dois filhos do rei, Malcolm e Donalbain, fugiram, o que faz cair neles a suspeita.

ROSS

Sempre contrário à natureza! Ó fútil ambição que destróis as próprias fontes de tua vida! Assim, é bem possível que Macbeth suba ao trono.

MACDUFF

Ele já foi nomeado e foi para Scone, a fim de ser coroado.

ROSS

E que fizeram do cadáver de Duncan?

MACDUFF

Foi levado para Kolmekill, sacra sepultura de seus antepassados e abrigo de seus restos mortais.

ROSS

Você vai para Scone?

MACDUFF

Não, primo; vou a Fife.

ROSS

Pois eu vou.

MACDUFF

Que tenhais festa alegre e sem fadiga, não vindo a lastimar a roupa antiga.

ROSS

Adeus, pai.

O VELHO

A benção de Deus vá com você, e a quantos sabem a arte de trazer o inimigo à boa parte.

(Saem.)

ATO III

CENA I

Forres. Um quarto no palácio.

Entra Banquo.

BANQUO

Você tem tudo agora: és rei, Cawdor e Glamis, como as bruxas proféticas disseram. Mas temo que roubado ao jogo houvésseis. Mas foi dito também que não havia de ficar isso em tua descendência e que viria a ser raiz e tronco de numerosos reis. Se falam certo, como se deu, Macbeth, a teu respeito, por que, se tudo quanto te pressentiram se tornou realidade, não hão de elas ser-me o mesmo que oráculo, deixando-me também esperançado? Mas, silêncio!

(Fanfarra. Entram Macbeth, como rei; Lady Macbeth, como rainha; Lennox, Ross, nobres, damas e pessoas do séquito.)

MACBETH

Aqui está nosso principal convidado.

LADY MACBETH

Se ele tivesse sido esquecido, fora como um vazio em nossa grande festa, viria tudo a falhar.

MACBETH

Hoje à noite teremos uma ceia solene senhor, e vou pedir a sua presença.

BANQUO

Bastará que me ordene Vossa Alteza, a quem me liga minha obediência, para sempre, por laços inquebráveis.

MACBETH

Viajareis esta tarde?

BANQUO

Sim, milorde.

MACBETH

Deveríamos ter desejado o seu bom conselho, que ainda tem sido grave e próspero, para a reunião que vamos ter agora. Nesse caso, amanhã vos ouviremos. Ides longe?

BANQUO

O suficiente, meu senhor, apenas para o tempo ocupar de agora à ceia. Se não se esforçar muito meu cavalo, à noite poderei pedir de empréstimo uma ou duas de suas horas foscas.

MACBETH

Vinde sem falta para nossa festa.

BANQUO

Virei sem falta, milorde.

MACBETH

Já tivemos notícias de que nossos sanguinários parentes se passaram para a Inglaterra e Irlanda, e que ainda negam o parricídio cruel, enchendo as ouças de todos com estranhas fantasias. Mas sobre isso, amanhã, já que teremos de tratar de um negócio de importância relativo ao Estado. Levais Fleance?

BANQUO

Sim, meu senhor; o tempo nos reclama.

MACBETH

Desejo-vos cavalos velozes e firmes; e ao costado deles vos recomendo.

Adeus. Até a próxima.

(Sai Banquo.)

Que cada homem seja o senhor de seu tempo até as sete da noite. Porque depois nos seja a sociedade muito mais agradável, até à ceia iremos ficar sozinhos. Até esse instante, que Deus seja convosco.

(Saem todos, com exceção de Macbeth e um criado.)

Olá, maroto, uma palavra! Aqueles indivíduos estão aguardando nossas ordens?

CRIADO

Sim, milorde, no portão do palácio.

MACBETH

Ide buscá-los.

(Sai o criado.)

Ser assim não é nada; é necessário sê-lo com segurança. É muito grande nosso medo de Banquo; em sua postura soberana domina qualquer coisa que deve ser temido. E corajoso como poucos e à têmpera indomável do espírito une uma sabedoria que faz o valor no alvo acertar sempre. Tirante ele, não há pessoa alguma de quem eu tenha medo, e junto dele meu gênio se intimida, como dizem que com o de Marco Antônio acontecia, quando junto de César. Dirigiu-se corajoso às irmãs, interpelando-as quando o nome de rei elas me deram, forçando-as a falar-lhe a seu respeito, ao que elas, quais videntes, o saudaram como pai de uma série de monarcas. Na cabeça puseram-me a coroa sem frutos e nas mãos o cetro estéril, para que arrebate um punho estranho, pois para herdeiro nenhum filho tenho. Se for assim, para a posteridade de Banquo, tão somente, sujei a alma; matei para eles o gracioso Duncan; por causa deles ódio pus no vaso da minha paz, havendo entregue a minha joia eterna ao comum imigo do homem, para fazê-los reis, para dos filhos de Banquo fazer reis! Antes que venha isso a se dar, que à liça baixe o fado, para o combate eterno. Quem vem lá?

(Entra o criado, com dois assassinos.)

Fica na porta e espera até que eu chame.

(Sai o criado.)

Não foi ontem que conversamos?

PRIMEIRO ASSASSINO

Sim, com vossa licença, majestade.

MACBETH

Muito bem, então agora você já considerou meus discursos? Sabeis, pois, que foi ele quem, até hoje, vos tem deixado em posição precária, o que pensáveis que era culpa minha. Tudo isso vos expus por completo em nossa última conferência; apresentei-vos as provas da maneira por que tendes sido prejudicados e burlados, os instrumentos, quem os manejava, e tudo o mais, que proclamar faria até mesmo meia alma ou tipo idiota: "Eis o que Banquo fez!"

PRIMEIRO ASSASSINO

Sim, nos explicou.

MACBETH

Sim; mas fiz mais ainda, o que é o objeto desta nossa segunda conferência. Porventura a paciência predomina tanto em vós, que deixeis passar tudo isso? Tão religiosos sois, que poderíeis rezar pela prosperidade deste bom homem e dos seus, sendo verdade que sua mão pesada à sepultura vos fez vergar e para todo o sempre vos arruinou a casa?

PRIMEIRO ASSASSINO

Somos homens, meu senhor.

MACBETH

Sim, no catálogo vocês passaram como homens, como os perdigueiros, os galgos e os mastins, alãos, molossos, braços, dogues e rafeiros também de cães, também, são chamados; mas distingue o registro o vagaroso, o veloz, o guardião, o de bom faro, cada um conforme as próprias qualidades que lhe haja dado a liberal natura e que um título à parte lhes enfeita na lista em que se encontram unidos. Com os homens dá-se o mesmo. Assim, se tendes um lugar no registro, não sendo ele o mais mesquinho e vil da humanidade, falai, que então vos confiarei ao peito certo assunto, de cujo cumprimento resultará ficar vosso inimigo supresso para sempre e vós mais presos à nossa gratidão e nosso afeto, pois também se ressente nosso estado da vida dele, e só se refará se vier a falecer.

SEGUNDO ASSASSINO

Sou um indivíduo, meu senhor, que os maldosos golpes do mundo e seus embates irritado de tal modo deixaram, que faria não importa o que for para vexá-lo.

PRIMEIRO ASSASSINO

E eu outro tão cansado de desastres, arrastado pela fortuna, que a vida arriscaria em qualquer lance, para de vez perdê-la ou endireitá-la.

MACBETH

Sabeis que Banquo foi vosso inimigo.

SEGUNDO ASSASSINO

É certo, meu senhor.

MACBETH

Ele também é meu, em conflito a tal ponto sanguinário, que os minutos de toda a sua vida ferem de perto o coração da minha. E embora eu pudesse com poder descarado varrê-lo da minha vista, e ofereço minha vontade, mas não devo, por certos amigos que são meus e seus, cuja afeição não desejo ver perdida. Terei de lastimar, assim, a morte de quem eu derrubei. Esse o motivo de recorrer agora a vosso auxílio, pois me forçam razões de muito peso a evitar que se vulgue esse negócio.

SEGUNDO ASSASSINO

Devemos, meu senhor, executar o que nos comanda.

PRIMEIRO ASSASSINO

Embora nossas vidas...

MACBETH

Vossos espíritos brilham através de vós. Dentro de uma hora, no máximo, hei de vos mostrar o ponto em que deveis ficar e a par vos ponho da ocasião mais propícia para a coisa, do momento adequado, pois que tudo precisará ser feito ainda esta noite, a uma certa distância do palácio, sem que vos esqueçais de que preciso ficar sem mancha nisso. Juntamente com ele - para que o trabalho saia sem o menor senão –, Fleance, seu filho, que com ele também saiu de viagem e cujo afastamento não me importa menos do que o do pai, compartir deve também dessa hora negra. Tomai vossas resoluções à parte; já vos sigo.

SEGUNDO ASSASSINO

Já resolvemos, meu senhor.

MACBETH

Em pouco vos chamarei; permaneçam dentro de casa.

(Saem os assassinos.)

Está concluído. Se há ponto em que se acoite, Banquo, tua alma no céu, estará esta noite.

(Sai.)

CENA II

No palácio.

Entram Lady Macbeth e um criado.

LADY MACBETH

Banquo deixou o pátio?

CRIADO

Sim, senhora, mas volta novamente esta noite.

LADY MACBETH

Diga ao rei que irei ter algumas palavras com ele.

CRIADO

Farei isso senhora.

(Sai.)

LADY MACBETH

Tudo é perdido, quando o desejo fica repartido. Toca ao morto decerto melhor sorte que a de alegrar-se assim quem lhe deu morte.

(Entra Macbeth.)

Então, marido, por que só ficardes tendo por companhia as fantasias mais desconsoladoras e ocupando-vos com pensamentos que já deveriam ter morrido com quem se relacionam? O que não tem remédio, não deve sequer ser pensado.

O que está feito, não está por fazer.

MACBETH

Nós só talhamos a cobra, não a matamos. Em pouco tempo se refará e volta a ser o que era, ficando o nosso miserável ódio de novo exposto. Que a estalar venham todas as junturas das coisas e a gemer ambos os mundos, antes de termos de tomar os nossos alimentos com medo e de dormirmos na aflição desses sonhos pavorosos que nos têm abalado as noites todas. Muito melhor nos fora estar com o morto que, para nossa própria paz, mandamos para o seio da paz, do que vivermos no banco de tormento de nossa alma, numa angústia sem fim. Duncan descansa em seu túmulo. Após a febre intermitente da vida, ele dorme bem. A traição lhe fez tudo o que podia; a desleal doméstica, o veneno, o aço, a invasão de fora, nada pode, doravante, atingi-lo.

LADY MACBETH

Vamos, meu gentil senhor, elegante sobre sua aparência robusta, seja alegre e jovial entre seus convidados esta noite.

MACBETH

Sê-lo-ei, amor; o mesmo vos desejo. A Banquo dedicai todas as vossas atenções, distinguindo-o dentre todos com palavras e olhares. Pouco firme é nossa situação, enquanto for preciso lavar nossas honras nessa corrente aduladora e as feições empregarmos como máscara do coração, que os traços lhe disfarcem.

LADY MACBETH

Você deve deixar isso.

MACBETH

Oh! Tenho o espírito cheio de escorpiões, querida esposa!

Sabeis que vivem Banquo e seu Fleance.

LADY MACBETH

Mas neles a cópia da natureza não é eterna.

MACBETH

Ainda há conforto, eles são vulneráveis. Fica, pois, alegre. Antes de completar o voo em torno do convento o morcego e Hécate negra ter ordenado que o besouro córneo com seu zumbido surdo dê o toque sonolento da noite, será feito algo aqui de memória pavorosa.

LADY MACBETH

O que deve ser feito?

MACBETH

Não sujes tua inocência com saberes isso, minha pombinha, até saudares o ato. Vem, noite cega, tapa os olhos ternos do dia compassivo, e com sangrentas e invisíveis mãos rasga o grande pacto que me deixa tão pálido! Escurece; para a mata sombria voa a gralha. Vacila o claro agente, de fraqueza; mas a noite se atira para a presa. Admiras-te; mas fica sossegada, que o mal reforça a ação mal começada. Por favor, acompanha-me.

(Saem.)

CENA III

Um parque perto do palácio.

Entram três assassinos.

PRIMEIRO ASSASSINO

Mas quem te convidou a se juntar a nós?

TERCEIRO ASSASSINO

Macbeth.

SEGUNDO ASSASSINO

Ele não precisa da nossa desconfiança, porque ele se acha a par de tudo quanto nos incumbiram, repetindo ponto por ponto as instruções.

PRIMEIRO ASSASSINO

Então fique conosco. O oeste ainda brilha com alguns raios do dia, é a hora em que estimula o viajante lento a ganhar a pousada oportuna, e de nós se aproxima o que esperamos.

TERCEIRO ASSASSINO

Silêncio! Ouço cavalos.

BANQUO

(Dentro)

Uma luz, Aí! Tragam-nos luz! Olá!

SEGUNDO ASSASSINO

É ele, não há dúvida. Os outros convidados já se encontram no pátio.

PRIMEIRO ASSASSINO

Seus cavalos andam.

TERCEIRO ASSASSINO

Quase uma milha. Mas, como todos, ele geralmente vai a pé deste ponto até o palácio.

SEGUNDO ASSASSINO

Uma luz! Uma luz!

(Entram Banquo e Fleance, com uma tocha).

TERCEIRO ASSASSINO

É ele.

PRIMEIRO ASSASSINO

É agora.

BANQUO

Vai chover hoje à noite.

PRIMEIRO ASSASSINO

Então que caia.

(Atiram-se sobre Banquo.)

BANQUO

Oh! Traição! Foge, foge, bom Fleance! Podes vingar-me. Foge! Que bandido!

(Morre.)

TERCEIRO ASSASSINO

Quem apagou a luz?

PRIMEIRO ASSASSINO

Não era o certo?

TERCEIRO ASSASSINO

Um, somente, caiu, o filho foi-se.

SEGUNDO ASSASSINO

Metade, então, perdemos do trabalho.

PRIMEIRO ASSASSINO

Bem; mas vamos contar quanto foi feito.

(Saem.)

CENA IV

Um salão do palácio. Mesa posta para banquete.

Entram Macbeth, Lady Macbeth, Ross, Lennox, nobres e pessoas do séquito.

MACBETH

Sentem-se, já conhecem seus lugares. E de uma vez por todas: sois bem-vindos de todo coração.

NOBRES

Agradecemos a Vossa Majestade.

MACBETH

Desejamos misturar-nos em vossa companhia, na qualidade de hóspedes modestos. Nossa hospedeira fica no seu posto; mas no momento certo lhe daremos as boas-vindas.

LADY MACBETH

Dai-a em meu nome, caro marido, a todos os amigos; pois diz-me o coração que são bem-vindos.

(O primeiro assassino aparece à porta.)

MACBETH

Vê, estão lhe enviando sinceros agradecimentos. Os dois lados estão iguais; sentar-me-ei no centro. Ficai alegres; logo beberemos uma rodada.

(Aproxima-se da porta.)

Tens sangue no rosto.

ASSASSINO

Nesse caso, é de Banquo.

MACBETH

Antes por fora de ti que dentro dele. Liquidados?

ASSASSINO

A garganta, senhor, tem ele aberta. Fiz-lhe isso.

MACBETH

És o melhor dos cortadores de garganta. Porém será tão hábil quem tiver feito a Fleance a mesma coisa.

ASSASSINO

Meu muito real senhor, Fleance escapou.

MACBETH

Volta-me, então, o acesso. Não fora isso, e eu estaria bom, firme qual rocha, inteiro como o mármore, tão largo, tão vasto e universal como o ar ambiente. Mas agora estou preso, barricado, metido num curral, atado ao poste do medo das angústias insolentes. Mas Banquo, está seguro?

ASSASSINO

Sim, meu senhor; no fundo de uma vala, tendo vinte feridas na cabeça, das quais uma qualquer já fora mais que suficiente.

MACBETH

Obrigado por isso. A velha serpe já se encontra vencida; o vermezinho que conseguiu fugir tem natureza para mais tarde produzir veneno, mas carece de dentes por enquanto. Vai-te logo; amanhã conversaremos.

(Sai o assassino.)

LADY MACBETH

Meu real senhor, não animais os hóspedes. Fica estragada a festa, quando muitas e muitas vezes, enquanto ela dura, não afirmamos quanto nos é grata. Para comer, têm todas suas casas; o tempero melhor em casa alheia é sempre a cortesia, parecendo sem ela as reuniões lugar deserto.

MACBETH

Galante conselheira! Que à alegria da mesa a digestão venha associar-se. À saúde das duas!

LENNOX

Vossa Alteza não quererá sentar-se?

(Entra o fantasma de Banquo e se senta no lugar de Macbeth.)

MACBETH

Nosso teto abrigaria agora todas as honras da nação, se a pessoa primorosa de Banquo aqui estivesse, a quem desejo antes ter de repreender por pequenas falhas que lastimar qualquer desastre grave.

ROSS

Sua ausência, senhor, manchou a promessa por ele feita. Queira Vossa Graça distinguir-nos com vossa real presença.

MACBETH

A mesa está completa.

LENNOX

Aqui, meu senhor, há um lugar reservado.

MACBETH

Onde?

LENNOX

Aqui mesmo, meu bom senhor. Que é que vos abala dessa maneira?

MACBETH

Qual de vós fez isso?

NOBRES

Fez o que, meu bom senhor?

MACBETH

Dizer não podes que fui eu que fiz isso. Não sacudas para mim teu cabelo ensanguentado.

ROSS

Levantem-se, senhores; Sua Alteza não está passando bem.

LADY MACBETH

Ficai, amigos; meu marido é assim mesmo desde criança. Sentai-vos, por favor; o acesso passa. Se atenção lhe prestardes, insistente, podereis ofendê-lo, contribuindo para agravar o mal. Comei, portanto, sem olhardes para ele.

Não sois homem?

MACBETH

Sim, corajoso, que se atreveria a encarar o que espanta o próprio diabo.

LADY MACBETH

Que matéria admirável! É a própria pintura do seu medo, apenas; é o punhal aéreo que dissestes, a Duncan vos levara. Esse olhar espantado, esses tremores que o verdadeiro medo parodia, muito bem estariam numa história que uma mulher contasse ao pé do fogo com a aprovação da avó.

Envergonhai-vos! Por que fazeis essas caretas?

MACBETH

Veja lá, por favor! Olhe! Olhe! O que me diz? Ora, que me importa. Se consegue sacudir a cabeça é que consegue falar. Se as sepulturas e as carneiras os mortos nos reenviam que nelas enterramos, das entranhas dos abutres faremos nossos túmulos.

(O fantasma desaparece.)

LADY MACBETH

Quê! Estas louco?

MACBETH

Tão certo como achar-me aqui, eu o vi.

LADY MACBETH

Fora, fora! Que vergonha!

MACBETH

Já foi derramado muito sangue, nos velhos tempos, antes

que a humana lei houvesse limpado o mundo dos pagãos, sim, e até mesmo depois têm sido perpetrados crimes terríveis de se ouvir. Já houve tempo em que, saltado o cérebro, morria de vez alguém e... tudo estava feito. Mas os mortos, agora, se levantam com vinte fatais golpes na cabeça e de nossas cadeiras nos empurram. E mais estranho do que o próprio crime.

LADY MACBETH

Meu digno senhor, seus nobres amigos sentem a sua falta.

MACBETH

É que o esquecera... Caros amigos, não fiqueis pasmados, pois sofro há muito de uma doença estranha, que nada significa para quantos me conhecem de perto. Vinde; a todos, amizade e saúde. Vou sentar-me. Dai-me vinho. Bem cheio; quero beber à saúde e à alegria dos presentes e à do nosso querido amigo Banquo, que não está conosco. Oh! se estivesse! A todos! Ao ausente! Tudo a todos!

TODOS

Com lealdade, homenagem vos prestamos.

(Entra novamente o fantasma de Banquo.)

MACBETH

Fora! Saia da minha vista! Deixe a terra te esconder! Os ossos tens sem vida alguma; enregelado o sangue. Não tens vista nesses olhos que tanto resplandecem. Não vejais, nobres pares, em tudo isso senão algo habitual. Não é outra coisa. Apenas nos estraga a festa de hoje.

O que o homem ousa, eu ouso. Tal qual híspido urso da Rússia vem para o meu lado, rinoceronte encouraçado, tigre da Hircânia. Tome qualquer forma menos essa, e meus nervos firmes nunca conseguirá abalar. Ou torna à vida e, de espada na mão, me lança um repto para um lugar deserto. Acontecendo que a tremer eu me mostre, de menino me acoima ou rapariga. Pavorosa sombra, fora daqui! Caricatura fingida, fora! Fora!

(O fantasma desaparece.)

Bem, agora que sumiste, me sinto outra vez homem. Por obséquio, sentai-vos.

LADY MACBETH

Você deslocou a alegria, quebrou o bom convívio, com a mais admirada desordem.

MACBETH

Podem dar-se tais coisas e envolver-nos como nuvem de outono, sem que o espanto mais alto nos provoque? Assim, fazeis-me duvidar de mim próprio, quando vejo que encarais tais visões, sem que das faces se vos altere o natural rosado, enquanto eu fico pálido de medo.

ROSS

Que visões, meu senhor?

LADY MACBETH

Não, por favor, não lhe faleis. Está piorando muito. As perguntas o deixam mais furioso. Boa noite para todos. A saída não vos preocupe a ordem. Ide logo, sem outras cerimônias.

LENNOX

Boa noite; muitas melhoras para Sua Alteza.

LADY MACBETH

Uma noite tranquila para todos.

(Saem os nobres e as pessoas do séquito.)

MACBETH

Afirmam todos que isso chama sangue; o sangue chama sangue. As pedras podem mover-se, já foi visto, e falar a árvore. Os áugures e ocultas relações já conseguiram pela voz das gralhas, pegas e corvos descobrir os crimes de sangue mais ocultos. Em que ponto se encontra a noite?

LADY MACBETH

A competir com o dia, sem que se saiba quais vantagens tenha.

MACBETH

Que dizes de Macduff ter recusado nosso convite solene?

LADY MACBETH

Acaso enviastes-lhe, senhor, algum recado?

MACBETH

Eu soube disso por acaso; mas vou mandar-lhe um próprio. Não há ninguém em cuja casa eu deixe de ter algum servo. Amanhã mesmo, bem cedinho, vou ver as irmãs bruxas. Terão de falar mais alguma coisa, pois estou decidido a saber tudo pelos piores meios. Para minha salvação tudo tem de abrir caminho. A tal ponto atolado estou no sangue que, esteja onde estiver, tão imprudente será recuar como seguir à frente. Tenho em mente uma ideia pervertida, que tende a se concretizar numa investida.

LADY MACBETH

Careceis do que à vida é grato: sono.

MACBETH

Vamos dormir; minha ilusão selvagem é muito nova; falta-lhe coragem. Somos moços demais.

(Saem.)

CENA V

A charneca. Trovão.

Entram as três bruxas, que encontram Hécate.

PRIMEIRA BRUXA

Hécate, que houve? Pareceis zangada.

HÉCATE

Não tenho razão, feiticeiras atrevidas e ousadas? Qual a razão, bisbilhoteiras, de ser Macbeth neste negócio de morte e enigmas vosso sócio, enquanto eu, dona de vós todas, que apresto sempre as negras bodas, não fui chamada a tomar parte no brilho e glória de nossa arte? E o que é pior: quanto fizestes a tudo vos mostrando prestes, foi para um tipo truculento de um acabamento muito grosseiro e sem nenhuma estima. Mas emendai-vos; e amanhã cedo me encontre frente ao fundo charco do Aqueronte, que ele está em estado de alarme, e para lá, quase sem tino, irá saber de seu destino. Vasos e encantos tendem à mão; de tudo basta provisão. Para o ar me vou; na noite escura farei bem cedo uma ação dura. De uma grande obra a fantasia será completa enquanto é dia. Ora uma gota espessa e crua pende ali dos cornos da lua. Vou apanhá-la antes que caia, pois, destilada, de atalaia gênios porá de tanto alcance que, por sua força, ele se lance na destruição, à morte e ao fado a resistir qual renegado, pondo a esperança acima em tudo da própria graça e o medo agudo. Para os mortais a segurança é o imigo maior, que jamais cansa.

Chamam-me; é meu espírito travesso que me aguarda das nuvens num cabeço.

(Sai.)

PRIMEIRA BRUXA

Apressemo-nos; ela volta logo.

(Saem.)

CENA VI

Forres. Um quarto no palácio.

Entram Lennox e outro nobre.

LENNOX

Meu discurso anterior tocou muito de leve os vossos pensamentos, sendo-vos agora facultado interpretá-lo como vos interessar. Direi somente que tudo se passou por modo estranho. Por Macbeth foi chorado o meigo Duncan. Que pena! Estava morto. Muito tarde saiu de casa o nosso bravo Banquo, que, podereis dizer, se assim quiserdes, Fleance matou, pois Fleance fugiu logo. É perigoso passear de noite. A quem não ocorreu o pensamento de quão cruel foi Malcolm e Donalbain terem matado o pai? Que ação maldita! E como entristecido deixou Macbeth! Pois ele, no mesmo momento, tomado de muita raiva, em pedaços não fez os dois facínoras, servos do sono e escravos da bebida? Não foi nobre e prudente tudo isso? Pois qualquer coração se tornaria por demais irritado, ouvindo os homens negarem os fatos. Assim, vos digo, soube fazer a coisa, como penso que se ele vier a ter sob chave os filhos de Duncan, o que nunca, Deus louvado, chegará a conseguir, hão de ver ambos o que é matar o pai. E o mesmo, Fleance. Mas, silêncio! Por causa de palavras um tanto livres e por ter faltado à festa do tirano, soube há pouco que em desgraça Macduff agora vive. Caro senhor, dizer-me poderíeis em que lugar ele encontrou abrigo?

NOBRE

O filho de Duncan, cuja herança verdadeira o tirano retém,

vive na corte da Inglaterra e é recebido pelo piedoso Eduardo com tal graça que a má vontade da fortuna em nada do alto respeito merecido o priva. Macduff foi para lá, para suplicar ajuda ao santo rei, no sentido de estimular Northumberland e o bravo Siward, e assim, com a ajuda desses nobres, confirmando lá do alto Deus tudo isso, possamos restituir a nossas mesas os alimentos, sono a nossas noites, livrar nossos festejos e banquetes das facas sanguinárias, homenagens da lei prestar e receber as honras a que temos direito, coisas essas que nos faltam de todo. Essa notícia atordoou o rei de tal maneira que está se aprontando para uma guerra.

LENNOX

Ele mandou algum recado para Macduff?

NOBRE

Mandou; porém o mensageiro turvo com um resoluto: "Eu não, senhor!", as costas voltaram-me decidido, resmungando, como quem diz: "Haveis de arrepender-vos do tempo que me impõe essa resposta".

LENNOX

Que com isso aprenda a ser cauteloso, conservando-se a distância que possa aconselhá-lo a sua sabedoria. Se um santo anjo fosse à Inglaterra e desse o seu recado antes dele chegar, para que pronta bênção se espalhe logo em nossa pátria que geme ao peso dessa mão maldita!

NOBRE

Mandaria com ele minhas preces.

(Saem.)

ATO IV

CENA I

Trovoada. Uma caverna. Um caldeirão a ferver no centro. Entram as três bruxas.

PRIMEIRA BRUXA

Gato malhado já miou três vezes.

SEGUNDA BRUXA

Quatro vezes já guinchou o ouriço.

TERCEIRA BRUXA

A harpia gritou: "É hora!"

PRIMEIRA BRUXA

Atirai no caldeirão entranhas em podridão. Os sapos das pedras frias que durante trinta e um dias suaram bastante, jogai no pote nesse instante.

TODAS

Dobrem as dores da barrela. Aticem o fogo da panela.

SEGUNDA BRUXA

Pele de cobra novinha, atirai no pote a asinha, pé de sapo e de lagarto, de cão a língua que espicha o rabo, pelos de morcego, asa de sossego, de lagarto a perna fina, acúleo de colubrina jogai na sopa do mal nesta mistura infernal.

TODAS

Dobrem as dores da barrela. Aticem o fogo da panela.

TERCEIRA BRUXA

Escamas de dragão, bucho de tubarão que os mareantes intimida; cicuta à noite colhida, bofes de um judeu malvado, ramo de teixo tirado em noite de muito escuro; beiço de tártaro, o duro nariz de turco, o dedinho de uma criança sem linho que matado a mãe houvesse sem dizer nenhuma prece. Deixai bem forte a mistura; juntai do tigre a fressura, porque nosso caldeirão tenha caldo em profusão.

TODAS

Dobrem as dores da barrela. Aticem o fogo da panela.

SEGUNDA BRUXA

Esfriai com sangue de mico que o encanto ficará rico.

(Entra Hécate.)

HÉCATE

Muito bom; as recompensas por isso, todas terão. Agora como elfos e fadas cantai à volta, de mãos dadas, para que o encanto seja completo.

SEGUNDA BRUXA

Meu dedão coça. Alguém está vindo andando. Ferrolhos, fora! Chegou a hora.

(Entra Macbeth).

MACBETH

Que fazeis, misteriosas e sombrias bruxas noturnas?

TODAS

Algo que não é nomeado.

MACBETH

Conjuro-vos por vosso próprio ofício, seja qual for a origem: respondam. Mesmo que os ventos a soltar viésseis, jogando-os contra as torres das igrejas; mesmo que as ondas espumantes venham a destruir os navios e a tragá-los; ainda que o trigo verde caia todo e as árvores se vejam derrubadas; embora o cimo dos castelos caia na cabeça dos guardas, e as pirâmides e os palácios os picos altanados nivelem com suas bases; muito embora venha a desmoronar todo o tesouro dos germes da natura, de tal modo que a própria destruição se mostre farta: respondei às perguntas que vos faço.

PRIMEIRA BRUXA

Diga.

SEGUNDA BRUXA

Pergunta.

TERCEIRA BRUXA

Responderemos.

PRIMEIRA BRUXA

Que preferes: ouvir de nossas bocas ou da de nossos mestres?

MACBETH

Chamai-os... Desejo vê-los.

PRIMEIRA BRUXA

Sangue de porco, então, joga nesse fogo, que comesse seus nove filhos, gordura de uma corda bem segura, de que pendesse, enforcado, alguém bastante amaldiçoado.

TODAS

Mostra agora que és ousado.

(Trovão. Primeira aparição: uma cabeça, armada de capacete.)

MACBETH

Ouve-me, força oculta...

PRIMEIRA BRUXA

Não continues. Sabe o que pensas. Ouça e nada diga.

PRIMEIRA APARIÇÃO

Macbeth! Toma cuidado com Macduff, acautela-te com o thane de Fife! Desobriga-me; é o bastante.

(Desce.)

MACBETH

Quem quer que sejas, agradeço pelo bom conselho. Isso concorda com meus temores. Mais uma palavra...

PRIMEIRA BRUXA

Não aceita injunções. Eis que vem outro ainda mais forte que ele.

(Trovões. Segunda aparição: uma criança ensanguentada.)

SEGUNDA APARIÇÃO

Macbeth!

MACBETH

Só com três ouvidos, te ouviria.

SEGUNDA APARIÇÃO

Sanguinário seja sempre, ousado e vivaz, e aprende a rir do

homem, porque ninguém nascido de mulher poderá, em nenhum tempo, trazer o mal a Macbeth.

MACBETH

Então, Macduff, podes viver. Por que de ti recear-me? Contudo, quero a segurança em dobro segurar, e penhor obter do fado. Vivo não ficarás, para que eu possa dizer que mente o medo de alma pálida e, apesar dos trovões, dormir tranquilo.

(Trovão. Terceira aparição: uma criança com uma coroa, segurando uma árvore na mão.)

Quem é que aparece como descendente de um rei e na cabeça de criança traz o fecho e diadema dos comandantes?

TODAS

Escuta somente; não fales.

TERCEIRA APARIÇÃO

Veste a bravura do leão, seja orgulhoso e não te importes com quem quer que resmungue ou se rebele, ou contra ti conspire, pois vencido não há de ser Macbeth, enquanto o grande bosque de Birnam não subir contra ele ao alto Dunsinane.

(Desce.)

MACBETH

Jamais isso acontecerá, pois quem tem poderes para a floresta armar e dizer à árvore que liberte a raiz fixa na terra? Ótimo indício! Belo! Não eleves, rebelião, a cabeça sem que o bosque de Birnam se levante, e assim o nosso grande Macbeth há de chegar ao termo da natureza até ao alento extremo, segundo o mortal uso. Mas agita-me o coração esta fatal pergunta: Dizei-me... Se vossa arte chega a tanto, alcançarão um dia os descendentes de Banquo o trono e o cetro deste reinado?

TODAS

Não se atreva a querer mais respostas.

MACBETH

Atrevo-me, pois é preciso satisfazer-me. Se não me fizerdes esta vontade, apenas, que uma eterna maldição vos destrua. Saber desejo. Par que este caldeirão está afundando? E que barulho é esse?

PRIMEIRA BRUXA

Veja!

SEGUNDA BRUXA

Veja!

TERCEIRA BRUXA

Veja!

TODAS

Mostrai-vos como uma visão, angustiastes o coração, aparecendo qual sombra, para sumir pela grama.

(Aparecem oito nobres reis, tendo o último um espelho na mão; segue-o o fantasma de Banquo.)

MACBETH

É muito parecido com o espírito de Banquo. Desce! Tua coroa queima minha vista; teus cabelos – tu, uma outra fronte de ouro cingida – se parecem com os do primeiro, tal como o terceiro que se lhe segue. Bruxas repugnantes, por que me mostrais isto? Outro! É o quarto! Olhos, estarrecei. Como! Esta linha se estenderá até ao fim do mundo? Mais um, ainda? O sétimo? Não quero ver mais nada; porém eis que surge o último com um espelho na mão, que muitos outros, ainda, me revelam. Alguns identifico pelo duplo globo e cetro triplicado. Pavorosa visão! Agora vejo que é verdade, pois Banquo, recoberto de sangue, me sorri e me indica, como se filhos dele todos fossem.

(As visões desaparecem.)

Como? É assim?!

PRIMEIRA BRUXA

Assim mesmo. Mas por que Macbeth está assustado com o que vê? Manas, ele está variando; infundamos-lhe alegria, revelando de nossa arte a mais sedutora parte. No ar porei muitos encantamentos. Deixando-os repletos de sons e cantos, enquanto vós a rodada deixareis bem acabada, para que este rei potente conosco esteja feliz.

(Música. As bruxas dançam, desaparecendo depois, com Hécate.)

MACBETH

Cadê? Já se foram? Que maldita se torne sempre esta terrível data no calendário. Quem está aí?

(Entra Lennox.)

LENNOX

Que desejas Vossa Grandeza?

MACBETH

Por acaso vistes as irmãs feiticeiras?

LENNOX

Não, milorde.

MACBETH

Empesteado seja o ar em que cavalgam e maldito quem quer que lhes dê crédito. Há pouco ouvi barulho de cavalo. Chegou alguém?

LENNOX

De fato; duas ou três correspondências, milorde, que vos trouxeram a notícia de que Macduff fugiu para a Inglaterra.

MACBETH

Para a Inglaterra?

LENNOX

Sim, meu bom senhor.

MACBETH

Ó tempo! Antecipaste-te a meus atos assustadores! Nunca alcançaremos a intenção fugitiva, se com ela não fizemos seguir o ato expedito. Daqui para frente ser-me-ão os primogênitos do coração também os primogênitos do braço. E agora mesmo, porque fiquem coroadas as ações com os pensamentos, em prática ponhamos essa ideia. Vou surpreender o burgo de Macduff, de Fife apoderar-me, sua esposa passar à espada, os filhos e, assim, todas as almas desgraçadas de sua raça. Ameaças não farei qual um demente; dobra-se o ferro enquanto ele está quente. Basta de aparições. E os tais senhores, onde se encontram? Conduzi-me a eles.

(Saem.)

CENA II

Fife. Castelo de Macduff.

Entram Lady Macduff, seu filho e Ross.

LADY MACDUFF

Que aconteceu, para exilar-se assim tão rapidamente?

ROSS

Precisais de paciência, nobre dama.

LADY MACDUFF

Ele não teve. Loucura foi a fuga; quando não pelo que fazemos, pelo que tememos nos mostramos traidores.

ROSS

Não sabemos se o medo tem sua parte nisso ou só prudência.

LADY MACDUFF

Prudência? Abandonar esposa, filhos, casa, dignidades, numa parte de onde ele mesmo corre? Não nos ama; não possui coração. A carricinha é dos passarinhos o de menor porte, em defesa da prole no seu ninho briga com até mesmo com corujas. O temor é tudo, nada é o amor, e a prudência é coisa alguma numa fuga assim... Sem propósitos.

ROSS

Querida prima, não se altere, por favor, pois vosso esposo sabe das coisas, é nobre, sensato e, mais do que nós todos, conhece as injunções do nosso tempo. Não me atrevo a falar mais claramente, mas cruel é o tempo em que traidores somos sem o sabermos, quando ouvimos boatos sobre o que receamos, sem sabermos o que nos faz ter medo, desgarrados vamos num mar violento e tempestuoso, sem direção alguma. Bem, despeço-me. Dentro de pouco aqui estarei de volta. As coisas, quando o ponto pior atingem, ou aí param, ou de novo sobem para onde antes estavam. Muito bonito primo, que Deus vos abençoe.

LADY MACDUFF

Ainda tem pai; entretanto, é como se já não tivesse.

ROSS

Revelaria minha insensatez; se mais tempo ficasse aqui, podia desgraçar-me, sobre prejudicar-vos. Bem, digo adeus por definitivo.

(Sai.)

LADY MACDUFF

Menino, vosso pai está morto. Que destino tereis agora? Como vivereis?

O FILHO

Como os pássaros, mãe.

LADY MACDUFF

Como? De minhocas e moscas?

O FILHO

Não; daquilo que encontrar, foi o que eu quis dizer; da maneira que eles costumam fazer.

LADY MACDUFF

Pobre animalzinho! Nunca terás medo de laço, máquina e armadilha.

O FILHO

Medo? Não foi tudo isso feito para os pássaros pobres. Ainda está vivo meu pai, apesar do que dissestes.

LADY MACDUFF

Não, está morto. Como vais fazer agora para conseguir outro pai?

O FILHO

De que maneira fareis, também, para conseguir outro marido?

LADY MACDUFF

Ora, em qualquer canto compro uns vinte.

O FILHO

Então os comprareis para vendê-los?

LADY MACDUFF

És espirituoso, de fato, e bastante para a idade.

O FILHO

Mãe, meu pai foi um traidor?

LADY MACDUFF

Sim, é exatamente o que ele foi.

O FILHO

O que significa ser um traidor?

LADY MACDUFF

Veja, é todo aquele que jura e mente.

O FILHO

Todos os que fazem isso são traidores?

LADY MACDUFF

Quem quer que assim proceda, é traidor e merece ser enforcado.

O FILHO

E precisam ser enforcadas todas as pessoas que juram e mentem?

LADY MACDUFF

Todas elas.

O FILHO

Quem as enforca?

LADY MACDUFF

Os homens de bem.

O FILHO

Então os mentirosos e os que juram não passam de grandes bobões, pois há mentirosos e jurados bastantes para baterem nos homens de bem e para os levarem à forca.

LADY MACDUFF

Que Deus te cuide, bichinho. No entanto, como farás para conseguir outro pai?

O FILHO

Se ele tivesse morrido, choraria a morte dele. Se não chorasse, seria sinal certo de que eu logo iria ter novo pai.

LADY MACDUFF

Pobre bichinho, como consegues falar tanto?

(Entra um mensageiro.)

MENSAGEIRO

Bela dama, Deus vos abençoe. Não sabeis quem eu sou, conquanto eu saiba tudo o que se refere ao vosso estado. Temo que algum perigo esteja prestes a vos tocar. No caso de aceitardes o conselho de um homem tão singelo, não vos deixeis ser encontrada aqui. Fugi com vossos filhos. Estou certo de que, atemorizando-vos, procedo como selvagem; mas ser mais explícito fora crueldade bárbara, que muito perto de vós já se acha. O céu vos guarde. Não me atrevo a ficar aqui mais tempo.

(Sai.)

LADY MACDUFF

Para onde irei? Nunca fiz mal algum. Mas agora me ocorre que me encontro neste mundo terreno, onde é louvável fazer o mal, às vezes, e, por vezes, o bem fazer é insânia perigosa. Para que valer-me, então, dessa defesa feminina, dizendo simplesmente que não fiz mal?

(Entram assassinos.)

Quem serão esses?

ASSASSINO

Onde encontro vosso esposo?

LADY MACDUFF

Não há de estar, espero, em nenhum canto tão profano que possa ser achado por tipos como tu.

ASSASSINO

É um traidor.

O FILHO

Mentes!

ASSASSINO

Como, cabeça de ovo? Filhinho da traição!

(Apunhala-o.)

O FILHO

Ele matou-me, mãe. Fugi, sem demora.

(Morre.)

(Lady Macduff sai gritando "Assassínio!" perseguida pelos assassinos.)

CENA III

Inglaterra. Diante do palácio do rei.

Entram Malcolm e Macduff

MALCOLM

Busquemos uma sombra desolada para desafogar os tristes peitos, chorando seus pesares.

MACDUFF

Não! Saquemos da espada cortadora e, como bravos, procuremos amparar nossa pátria que ameaça desabar. Novas viúvas, cada manhã, gritam; novos órfãos soluçam; novas dores no céu batem, que ressoa tal como se sofresse juntamente com a Escócia e as mesmas sílabas emitisse de dor.

MALCOLM

Só hei de chorar sobre o que creio; creio o que conheço, e assim que o tempo se mostrar amigo, estando em mim fazer alguma coisa tornando-se o tempo favorável, farei o que puder. O que dissestes, talvez seja verdade. Esse tirano, cujo nome, tão só, nos deixa a língua coberta de feridas, como honesto já foi considerado. Vós o amastes. Atingido por ele ainda não fostes. Sou moço; mas por mim talvez pudésseis torná-lo vosso devedor. A astúcia manda sacrificar um cordeirinho pobre, inocente e fraco, para a cólera propiciar de um deus.

MACDUFF

Não sou traidor.

MALCOLM

Mas traidor é Macbeth. Pode dobrar-se uma nobre natureza e em tudo boa ante uma ordem nobre. Mas preciso que me perdoeis; modificar não posso com o pensamento a realidade. Os anjos ainda brilham, muito embora tenha caído o mais brilhante deles. Se as feições da virtude os vícios todos viessem a assumir, ela nem por isso deixaria de ter a mesma aparência.

MACDUFF

As esperanças já perdi.

MALCOLM

Por acaso no mesmo local em que encontrei a dúvida. Por que razão deixastes, tão rapidamente e sem despedidas, a esposa e os filhos, esses caros penhores, elos fortes do verdadeiro senhor? Nessas suspeitas não vejais, por favor, mancha alguma que vos possa atingir, mas somente minha calmaria. Mui sincero podereis ser, acredite eu no que acreditar.

MACDUFF

Sangra, pois, grandiosa pátria. Poderosa e tirana, reforça tua estrutura, porquanto a virtude contra ti não se alça. Carrega o roubo, pois o teu direito já viste confirmado. Adeus, milorde; ser não quero o vilão que ora imaginas, nem por todas as terras que nas garras se encontram do tirano, acrescentadas de todas as riquezas do Oriente.

MALCOLM

Mal algum desejara fazer-vos. Não por medo absoluto de vós assim me exprimo, penso que nossa pátria sob o jugo do tirano sucumbe; chora e sangra, vendo aumentar-lhe cada dia as chagas uma ferida nova. Sei que muitas mãos se levantariam na defesa de meus direitos, e aqui mesmo acaba de ofertar-me a Inglaterra generosa alguns milhares delas. Mas, ao cabo, depois de haver pisado na cabeça do tirano, ou de tê-la em minha espada, ficará minha pátria desafortunada com mais vícios do que antes, padecendo muito mais, por maneiras mais variadas do que nunca, debaixo do domínio de quem lhe suceder.

MACDUFF

Quem será esse?

MALCOLM

Eu mesmo, certamente, em quem percebo vícios entranhados tão fortemente que, se algum dia a pegar vierem, até mesmo Macbeth parecerá neve, considerando-o nossa pobre pátria como um cordeiro, quando comparado com minha enormidade de defeitos.

MACDUFF

Nem mesmo nas legiões do hórrido inferno poder-se-ia encontrar um mais completo demônio que a Macbeth no mal se iguale.

MALCOLM

Entendo que ele seja sanguinário, falso, enganador, avarento, violento, malicioso e com os sentidos sempre atentos a todos os pecados que possam ser nomeados; porém fundo não tem, não pode ter, minha lascívia. Vossas esposas, vossas filhas, vossas matronas, vossas virgens jamais hão de deixar plena a cisterna de meus vícios, vindo a vencer minha avidez os óbices que ao meu desejo, acaso, se opuserem. Antes Macbeth que um rei com tais defeitos.

MACDUFF

A libertinagem é tirania da própria natureza, que tronos felizes já deixou vazios antes do tempo e ocasionou a queda de inúmeros reis. Mas não temas de vos apoderar do que já é dono. Podereis expansão dar aos prazeres em toda plenitude, parecendo, no entanto, frio e, assim, burlando o mundo. Damas condescendentes não nos faltam. Não é possível que abrigueis abutre no íntimo, que devore quantas forem entregar-se à grandeza que pendida para elas notarem.

MALCOM

Ademais, de minha natureza mal construída nasce avareza tão insinuante que, vindo eu a ser rei, darei a morte a muitos nobres, para despojá-los de suas propriedades; os tesouros deste cobiçarei; deste outro, a casa. Todo aumento de bens ser-me-á tempero para excitar-me a fome, de tal modo que farei suscitar brigas injustas entre os melhores e mais leais vassalos, para destruí-los e ficar com tudo.

MACDUFF

A avareza penetra mais, emite raízes mais nocivas que a luxúria transitória do estio; foi o poder que matou nossos reis. Mas pouco importa: nada temais; a Escócia tem recursos para saciar-vos só com o que for vosso. Tudo isso é suportável, que as virtudes contrabalançam tudo.

MALCOLM

Mas é o que eu não possuo! As qualidades próprias de um rei: justiça, temperança, perseverança, devoção, piedade, coragem, destemor, magnificência me são de todo estranhas, e eu me alegro com dividir os vícios em diversas variedades, a fim de praticá-los de todas as maneiras. Se estivesse em meu poder, atiraria logo no inferno o doce leite da concórdia, a paz universal deixara desfeita e confundira toda segurança que no mundo existisse.

MACDUFF

Ah... Escócia... Escócia...

MALCOLM

Se é digno de reinar um homem desses, falai, pois sou tudo isso que vos disse.

MACDUFF

Digno de reinar? Nem de estar vivo. Povo miserável, governado por uma besta, de cetro banhado a sangue! Quando novamente poderás ver teus dias de saúde, se o herdeiro mais autêntico do trono, maldito se declara, blasfemando contra sua própria raça? Teu virtuoso pai foi um santo rei; a soberana que à luz te deu, vivendo mais de joelhos do que de pé, matava os dias todos de sua própria vida. Meus; os males que em tua própria cabeça despejaste me baniram da Escócia. Ó coração! tua esperança acaba aqui!

MALCOLM

Macduff, essa emoção em tudo bela, com raízes na pureza, a obscura dúvida me tirou da alma e, finalmente, meus pensamentos fizeram as pazes com tua fé e tua probidade. O demoníaco Macbeth tem procurando por enredos desse gênero pôr-me ao seu alcance, ensinando-me, assim, a mais modesta sabedoria a desconfiar da pressa crédula por demais. Mas que lá do alto juiz Deus seja entre nós dois agora, pois desde este momento sob a tua direção me coloco. Aqui renego minha auto detração e abjuro todos os vícios e defeitos que em mim próprio lançara há pouco, como incompatíveis com minha natureza. Nunca tive contato com mulher, não fui perjuro, mal cobicei aquilo que é meu mesmo, jamais quebrei qualquer promessa feita, demônio algum traí para seus próprios companheiros do inferno. Como à vida, tenho amor à verdade. Minha estreia na mentira foi esta a meu respeito. O que eu realmente sou se encontra à tua disposição e do meu pobre povo. Para auxiliá-lo aqui se achava há pouco, no instante de chegares, o ancião Siward com dez mil aguerridos combatentes, no ponto de partirem. Vamos juntos; que o favor da vitória corresponda à justiça de nossa discordância. Por que ficais calado?

MACDUFF

É difícil conviver com eventos que são de uma só vez não gratos e agradáveis.

(Entra um médico.)

MALCOLM

Voltaremos a falar sobre isso. Dizei-me, por obséquio: o rei vem vindo?

O MÉDICO

Sim, senhor! Numerosos desgraçados o auxílio dele aguardam, pois a doença de que padecem tem zombado da arte. Mas sua mão, tal é a santidade com que o céu adotou, vai sãos deixá-los no instante de os tocar.

MALCOLM

Doutor, agradecido vos fico.

(Sai o médico.)

MADCUFF

Que doença é essa?

MALCOLM

Chamam-lhe o mal. Miraculoso feito realiza este bom rei, já presenciado várias vezes por mim, desde que me acho no reino da Inglaterra. De que modo consegue o céu mover, só ele sabe. Mas pessoas tocadas de moléstias estranhas, cheias de úlceras, tristíssimo espetáculo a todos, desespero da medicina, sãs ele tem posto com lhes pôr ao pescoço uma áurea estampa, ao tempo em que murmura santas preces. Dizem também que aos reis, seus sucessores, transmitirá esse poder bendito de curas realizar. Mas além dessa virtude estranha, possui o dom celeste da profecia, sobre lhe cercarem o trono várias bênçãos que o declaram cheio de graças.

MACDUFF

Veja quem vem chegando!

MALCOLM

Um dos meus compatriotas; mas ainda não sei quem é.

(Entra Ross.)

MACDUFF

Sede bem-vindo, meu sempre gentil primo.

MALCOLM

Reconheço-o agora. Ó Deus bondoso, afasta em tempo tudo quanto estrangeiros nos tem feito.

ROSS

Amém, senhor.

MACDUFF

A Escócia continua no mesmo lugar?

ROSS

Triste pátria, revela temor até de saber quem ela realmente é. De nossa mãe não pode ser chamada, mas nossa sepultura, porque nela só ri ainda quem ignora tudo; os gritos e suspiros, os gemidos que os ares dilaceram, emitidos apenas são, sem serem percebidos. As mais violentas dores assemelham-se a emoção cotidiana; os dobres fúnebres passam despercebidos e as pessoas de bem fenecem antes de murcharem as flores do chapéu e a vida perdem sem virem a adoecer.

MACDUFF

Relação muito precisa e, no entanto, certa!

MALCOLM

Qual é a última dor?

ROSS

A que de vida tem uma hora faria ser vaiado quem viesse relatá-la; a cada instante nasce uma nova dor.

MACDUFF

E minha esposa, como ficou?

ROSS

Essa ficou bem.

MACDUFF

E quanto aos meus filhos?

ROSS

Também.

MACDUFF

A paz de todos não havia o tirano ainda arrancado?

ROSS

Claro que não... Deixei-os em paz ao despedir-me.

MACDUFF

Sede menos avarento nas palavras. Que aconteceu?

ROSS

Enquanto eu trazia para aqui essas novas que tão fundo pesavam sobre mim, soube do boato de que bastantes homens valorosos se tinham posto em campo, o de que logo me convenci ao ver os contingentes do tirano aprestados para a luta. Eis o momento de intervirmos. Vossos olhares, lá na Escócia, aprestariam soldados, levariam para a luta nossas mulheres, para porem termo à desgraça que não se pode pronunciar.

MALCOLM

Espero que sirva a todos de alívio saber que já me encontro a caminho da Escócia. Dez mil homens cedeu-nos a Inglaterra, comandados pelo bondoso Siward. Mais completo guerreiro e mais idoso não se encontra em toda a Cristandade.

ROSS

Caso eu pudesse dar-vos notícia tão reconfortante! Mas trouxe-vos palavras para serem uivadas no ar deserto, onde não possam ser percebidas por nenhum ouvido.

MACDUFF

E a que dizem respeito? À causa pública? Ou trata-se, talvez, de sofrimento interno e particular, que a um peito, somente, diz respeito?

ROSS

Todas os espíritos nobres têm sua parte; mas a maior deles, provavelmente, vos pertence.

MACDUFF

Se acaso me pertence, não me tires dela. Vamos; entregue a mim depressa.

ROSS

Que não fiquem todos os ouvidos para sempre odiando minha língua, por ter de molestá-los com os sons mais tristes que jamais ouviram.

MACDUFF

Hum... Imagino o que seja.

ROSS

Vosso arraial foi assaltado; vossa esposa e os filhos, mortos selvagemente. Relatar-vos como se deu, o mesmo fora ao monte de caças abatidas vosso corpo sem vida acrescentar.

MALCOLM

Ah... céu piedoso! Não, homem! Levantai vossa cabeça! Exponha com palavras o que dói. Quando a tristeza perde a fala, arde ao coração, provocando de pronto uma explosão.

MACDUFF

Meus filhinhos também?

ROSS

Esposa, filhos, criados, tudo o que acharam.

MACDUFF

E eu, ausente? Também minha mulher?

ROSS

Já te disse.

MALCOLM

Coragem! Aprestemos o remédio para essa dor mortal com prepararmos nossa vingança.

MACDUFF

Ele não tem filhos? Todos os meus pequenos tão graciosos? Dissestes "todos"? Oh infernal abutre! Como! Todos? Os lindos pequeninos juntamente com a mãe, de uma só vez?

MALCOLM

Como homem, resisti.

MACDUFF

É o que farei; mas preciso também sentir como homem. Não consigo esquecer que haja vivido essas pessoas que tão caras me eram. O céu viu isso, sem que os amparasse? Depravado Macduff por tua causa todos eles foram assassinados; por mim, que nada valho. Não por culpas próprias, mas pelas minhas, tão somente, caiu a morte sobre as almas deles. Que o céu lhes dê sossego.

MALCOLM

Que seja isso a pedra de amolar de vossa espada. Fazei que a dor se vos transforme em cólera; não emboteis o peito: enraivecei-o.

MACDUFF

Como mulher, agora, poderia representar com os olhos e mostrar-me valente só com a língua. Ó céu bondoso! Põe termo às dilações e, face a face com o demônio da Escócia me coloca, ficando ele ao alcance de minha força: vindo a escapar, que lhe perdoe o céu.

MALCOLM

Bastante forte é essa cantiga. Vamos logo procurar o rei. Prontas se encontram nossas forças; só falta a despedida. Macbeth já está maduro o suficiente para a queda, tendo prestes os poderes do alto e os instrumentos que hão de sacudi-lo. Criai coragem; não há noite fria, por mais longa que seja, que não seja seguida por um dia.

(Saem.)

ATO V

CENA I

Dunsinane. Um quarto no castelo.

Entram um médico e uma camareira.

O MÉDICO

Estive de vigília convosco durante duas noites seguidas, mas não consigo descobrir indícios de verdade naquilo que dissestes. Quando foi que ela andou como sonâmbula pela última vez?

A CAMAREIRA

Desde que Sua Majestade foi para a campanha eu a tenho visto levantar-se da cama, vestir o roupão, abrir a escrivaninha, tirar uma folha de papel, dobrá-la, escrever alguma coisa, ler o que escreveu, selar depois a folha e voltar em seguida para a cama, fazendo tudo isso, no entanto, no mais profundo dos sonos.

O MÉDICO

Parece-me uma grande perturbação da natureza receber os benefícios do sono e, simultaneamente, realizar vigília. Durante esses sonos inquietos, além desses passeios e de ocupações concretas, não percebestes se, por vezes, ela dizia algo?

A CAMAREIRA

Sim... Ouvi coisas, senhor, que não ouso repetir.

O MÉDICO

Para mim podereis dizer tudo o que ouvistes, sendo até bom que o faça.

A CAMAREIRA

Nem a vós nem a ninguém, uma vez que não tenho testemunha para confirmar o que disser.

(Entra Lady Macbeth, com uma vela.)

Aí vem ela! É assim mesmo que sempre faz, e, por minha vida, a dormir profundamente. Observai-a; aproximai-vos dela um pouco.

O MÉDICO

Como conseguiu essa luz?

A CAMAREIRA

Ora, estava perto dela. Tem sempre luz ao pé de si; são ordens expressas.

O MÉDICO

Como podes ver, está com os olhos bem abertos.

A CAMAREIRA

É certo; mas os sentidos estão bem fechados.

O MÉDICO

Que faz ela agora? Parece esfregar as mãos.

A CAMAREIRA

É um gesto habitual, faz como se estivesse lavando as mãos. Já a vi continuar desse jeito durante quinze minutos.

LADY MACBETH

Aqui ainda há uma mancha.

O MÉDICO

Ouça! Ela está falando alguma coisa. Vou tomar nota do que ela disser, para reforçar a memória.

LADY MACBETH

Sai, mancha maldita! Sai! É uma ordem. Um dois... Sim, já é tempo de fazê-lo. O inferno é sombrio... Ora, marido! Ora! Um soldado ter modo? Por que termos medo de que alguém o venha a saber, se ninguém poderá pedir contas a nosso poder? Mas quem poderia imaginar que o velho tivesse tanto sangue em seu corpo?

O MÉDICO

Escutastes o que ela acabou de dizer?

LADY MACBETH

O thane de Fife tinha uma mulher. Onde se encontra ela agora? Como? Estas mãos nunca ficarão limpas? Basta, senhor; não falemos mais nisso. Estragais tudo com essa vacilação.

O MÉDICO

Ide, ide! Ficastes sabendo mais do que seria conveniente.

A CAMAREIRA

Ela falou o que não devia, tenho certeza. Só Deus sabe o que ela sabe.

LADY MACBETH

Ainda sinto o mal cheiro do sangue. Todo o perfume da Arábia não conseguiria limpar e deixar cheirosa esta mãozinha. Oh!

O MÉDICO

Que suspiro! Tem o coração sofrendo por demais.

A CAMAREIRA

Eu não quisera ter no peito um coração assim, nem pelas dignidades de todo o corpo.

O MÉDICO

Bem...

A CAMAREIRA

Rogai a Deus, senhor, para que seja assim.

O MÉDICO

Esta doença está além do meu conhecimento. No entanto, conheci sonâmbulos que morreram de maneira santa, deitados em suas camas.

LADY MACBETH

Lave as mãos; veste vosso roupão de dormir. Não fiqueis assim tão pálido. Torno a dizer-vos que Banquo está embaixo da terra; não há como ele sair da sepultura.

O MÉDICO

Também isso?

LADY MACBETH

Para a cama! Estão batendo no portão. Vinde, vinde! Dai-me a mão. O que está feito não está por fazer. Para a cama!

(Sai.)

O MÉDICO

E agora, ela vai para o leito?

A CAMAREIRA

Direto para lá.

O MÉDICO

Circulam por aí alguns terríveis boatos; feitos contra a natureza sempre causam consequências doentias. As consciências manchadas descarregam seus segredos nos surdos travesseiros. Mais de padre tem ela precisão do que de médico. Deus, Deus que nos perdoe! Acompanhai-a. Deixai bem longe dela quanto possa causar-lhe qualquer dano. E ora, boa noite. Ela deixou-me o espírito confuso e a vista absorta com tamanho abuso. Penso, mas não me atrevo a dizer alguma coisa.

A CAMAREIRA

Boa noite, bom doutor.

(Saem.)

CENA II

Planície perto de Dunsinane.

Entram com bandeiras e tambores Menteith, Caithness, Angus, Lennox e soldados

MENTEITH

As forças da Inglaterra já estão perto. Trá-las Malcolm, seu velho tio Siward e o valente Macduff. Arde a vingança neles todos, pois uma causa dessas fará os próprios mortos levantarem-se para o combate atroz e sanguinário.

ANGUS

Provavelmente vamos encontrá-los perto da floresta de Birnam; eles vêm por aquele caminho.

CAITHNESS

Alguém sabe informar se Donalbain vem com o irmão?

LENNOX

Acredito que não, senhor. Possuo a lista da nobreza toda; nela se encontra o filho do bom Siward e muitos outros moços ainda sem barba, que como homens estreiam.

MENTEITH

E, o tirano, que está fazendo?

CAITHNESS

Encoraja a resistência do grande Dunsinane. Alguns murmuram que ele está louco; outros, que o odeiam menos, nomeiam isso de fúria produtiva. Mas certo é que ele já não consegue abarcar sua natureza desmanchada no cinturão da regra.

ANGUS

Ele, de vez em quando, sente como se as mãos se entortem com seus crimes secretos. A toda hora uma revolta lhe censura a deslealdade. Seus soldados não movem por amor; somente cumprem ordens. Começou a notar que a dignidade do título de rei lhe envolve o corpo como faria a roupa de um gigante a um anão que a roubasse.

MENTEITH

Quem pudera censurar-lhe os sentidos, exaltados por tantas idas e vindas, quando tudo o que há nele se envergonha por nele estar?

CAITHNESS

Vamos em frente então. Prestemos a obediência que o dever impõe. Vamos rumo ao médico desta terra doente, e, para restaurarmos nossa pátria, derramemos com ele todo o sangue contido em nossos corpos.

LENNOX

Ou somente o quanto for suficiente para orvalhar a flor bendita e afogar a discórdia parasita. Marchemos para Birnam.

(Saem marchando.)

CENA III

Dunsinane. Um quarto no castelo.

Entram Macbeth, o médico e pessoas do séquito

MACBETH

Pare de me trazer tais notícias. Que fujam todos, pois enquanto a mata de Birnam não chegar a Dunsinane, não poderá manchar-me o frio medo. Que é o pequeno Malcolm? Porventura não nasceu de mulher? Ora, os espíritos que os processos mortais mui bem conhecem, a meu respeito assim se pronunciaram: "Nada temas, Macbeth, pois nenhum homem nascido de mulher pode vencer-te". Fugi, portanto, miseráveis thanes, e ide associar-vos aos ingleses lúbricos. Jamais se dobrará meu forte espírito sob o peso da dúvida, nem há de mostrar meu coração menor intuito.

(Entra um criado.)

Que o diabo te condene à escuridão, maldito cara de coalhada. Onde encontraste essas caras de ganso?

CRIADO

É que há dez mil...

MACBETH

Gansos, vilão?

CRIADO

Soldados, meu senhor.

MACBETH

Vai lavar o rosto, cabeçudo! Que soldados, medroso? Morte de tua alma! Essas bochechas brancas como linho são fruto do receio. Que soldados, cara de leite?

CRIADO

Não vos destrate, os soldados ingleses.

MACBETH

Tira a tua cara feia da minha frente. Depressa!

(Sai o criado.)

Seyton! Dói-me demais o coração, quando contemplo... Seyton! Torno a chamar... Essa batalha vai me dar alegria para sempre ou tirar-me do trono neste instante. Já vivi muito; minha vida inclina-se para o Outono de folhas amarelas, e a nada do que deve vir no rasto da velhice: amor, honras, obediência, amigos, poderei eu aspirar. Em lugar disso, maldições, não ditas em voz alta, mas fundas; homenagens à flor da boca apenas, que, de grado o pobre coração contestaria, conquanto não se atreva... Seyton! Digo.

SEYTON

Que é o vosso prazer gracioso agora?

MACBETH

Quais são as outras notícias?

SEYTON

Tudo o que vos disseram, senhor, foi confirmado.

MACBETH

Lutarei até que me arranquem toda a carne dos ossos. Vista-

-me logo com minha armadura. Vamos!

SEYTON

Ainda está cedo.

MACBETH

Já quero estar pronto. Mandai mais cavaleiros já limpar a redondeza. Dai-me a armadura. Como vai passando vossa enferma, doutor?

O MÉDICO

Não está doente, senhor, mas atormentada por visões que a têm privado do sono e do repouso.

MACBETH

Livre-a disso. Não podes encontrar nenhum remédio para um cérebro doente, da memória tirar uma tristeza enraizada, suprimir da mente as dores aí incrustradas e com algum antídoto agradável para aliviar o peito que opresso geme ao peso da matéria maldosa que comprime o coração?

O MÉDICO

Para isso deve o doente achar os meios.

MACBETH

Então, para o inferno a medicina. Não quero saber dela. Vamos logo! Minha armadura! Dai-me o meu bastão. Seyton, manda sair... Doutor, os thanes fogem de mim. Vamos! Mais rápido com isso! Caso pudesses examinar, doutor, as águas de meu reino, encontrar a doença, restituir-lhe por meio de uma purga a saúde primeira, tão notória, aplaudir-te-ia e que os próprios ecos aplaudissem de novo. Fora! Digo.

Que droga drástica nos limpará desses ingleses todos? Já ouviste falar deles?

O MÉDICO

Sim, meu bom senhor; vossos reais preparativos nos forçam a ouvir alguma coisa.

MACBETH

Não terei medo de morrer inane, se Birnam não chegar em Dunsinane.

O MÉDICO

E eu se longe estivesse neste dia, nenhum dinheiro de volta me traria.

(Saem.)

CENA IV

Planície perto da mata de Dunsinane.

Entram com tambores e bandeiras Malcolm, o velho Siward e seu filho, Macduff, Menteith, Caithness, Angus, Lennox, Ross e soldados, marchando.

MALCOLM

Primos, creio que se aproxima o dia em que nossas casas estarão seguras.

MENTEITH

Sem dúvidas.

SIWARD

Que floresta é esta?

MENTEITH

Floresta de Birnam.

MALCOLM

Cada homem deve cortar um galho e o carregá-lo, pois, com isso, não só faremos sombra para as tropas, como induziremos o inimigo ao erro na contagem dos nossos.

SOLDADOS

Será feito.

SIWARD

Só o que ouvimos dizer é que o tirano, confiante sempre, encontra-se em Dunsinane, onde resistirá ao nosso cerco.

MALCOLM

É nisso que está toda a esperança, pois sempre que ocasião se tem mostrado, todos o deixam, grandes e pequenos, só à força o servindo os que ainda restam, mas sem que o coração influa nisso.

MACDUFF

Que nosso justo juízo espere o fluir dos acontecimentos. Enquanto isso, em prática colocaremos toda o nosso conhecimento de soldados.

SIWARD

É hora de ficarmos sabendo com certeza quem tem a haver, quem fez maior despesa. Da mente nasce uma esperança sem glória; mas dos golpes certeiros, a vitória, que é para onde iremos.

(Saem marchando.)

CENA V

Dunsinane. No interior do castelo.

Entram com tambores e bandeiras Macbeth, Seyton e soldados.

MACBETH

Estiquem as bandeiras nas muralhas de fora. A senha é sempre: "Aí vêm eles!". Nosso forte castelo ri de um cerco bobo como este. Que aí fiquem, até que a fome e a peste os exterminem. Se eles não se tivessem reforçado com os que do nosso lado deviam estar, barba com barba nós os enfrentaríamos sem receio nenhum e os tocaríamos, derrotados, para de onde vieram.

(Grito de mulher.)

SEYTON

Um grito de mulher, meu bom senhor.

(Sai.)

MACBETH

Quase que esqueço o sabor do terror. Já houve tempo em que um só grito, à noite, gelados os sentidos me deixava, e a relação de qualquer fato horrendo arrepiar os cabelos me fazia, como se vivos fossem. Entupi-me de tal modo com coisas pavorosas, que o horror, já agora familiar das minhas cogitações de morte, não consegue abalar-me no mínimo.

(Seyton retorna.)

Que houve?

SEYTON

A rainha está morta, senhor.

MACBETH

Devia ter morrido mais tarde; então, houvera ocasião certa para tal palavra. O amanhã, o amanhã. Outro amanhã, dia a dia se escoam de mansinho, até que chegue, alfim, a última sílaba do livro da memória. Nossos ontens para os tolos deixam clara a estrada da empoeirada morte. Fora! Apaga-te, candeia transitória! A vida é apenas uma sombra ambulante, um pobre cômico que se empavona e agita por uma hora no palco, sem que seja, após, ouvido; é uma história contada por idiotas, cheia de fúria e muita barulheira, que nada significa.

(Entra um mensageiro.)

Vens para usar a língua; fala logo.

MENSAGEIRO

Gracioso senhor, desejara dizer-vos o que penso ter visto, mas não sei como expressar-me.

MACBETH

Muito bem; pois falai, caro senhor.

MENSAGEIRO

Quando estava de guarda na colina, olhei naturalmente para Birnam, tendo-me parecido que a floresta começava a mover-se.

MACBETH

Mentiroso lacaio!

MENSAGEIRO

Que em mim caia vosso desastre, se não for mesmo assim, pois à distância de três milhas podeis vê-la marchando: uma floresta que caminha.

MACBETH

Caso isso seja mentira, na mais próxima àrvore serás dependurado vivo, até que a fome venha ressecar-te; se a verdade falaste, não me importa que comigo faça o mesmo. De coragem revisto-me e começo a suspeitar do equívoco do demo que mente sob a capa da verdade. "Nada temas até que à Dunsinane chegue a mata de Birnam". E ora acontece que uma floresta vem a Dunsinane! Às armas, logo! Às armas! Para fora! Se o que ele disse é certo, é indiferente fugir daqui ou combater na frente. Começo a achar a luz do sol enjoada. Ah! Se este mundo se acabasse em nada! Tocai o alarme!

Abri-vos, sepultura! Posso morrer, mas dentro da armadura.

(Saem.)

CENA VI

O mesmo. Uma planície diante do castelo.

Entram com tambores e bandeiras Malcolm, o velho Siward, Macduff e seu exército, carregando galhos.

MALCOLM

Estamos bastante perto; jogai fora as folhas que carregam e mostrai-vos como realmente sois. Vós, meu digno tio, com vosso nobre filho, meu bom primo, comandareis nosso primeiro corpo. Nós e o digno Macduff encarregados ficaremos do mais, de acordo em tudo com nossas próprias ordens.

SIWARD

Passai bem. Se hoje eu achar as forças do tirano, que a morrer venha, se não causar dano.

MACDUFF

Tocai logo os clarins; soprai bem forte nesses arautos de sangueira e morte.

(Saem.)

CENA VII

O mesmo. Outra parte da planície. Alarme.

Entra Macbeth.

MACBETH

Amarraram-me junto ao poste; é impossível fugir, sendo preciso que, como faz um urso, aguente o ataque deles. Onde se acha quem não houvesse de mulher nascido? Esse é que eu devo temer; mais ninguém.

(Entra o jovem Siward.)

O JOVEM SIWARD

Teu nome?

MACBETH

Tremerás só de ouvi-lo.

O JOVEM SIWARD

Não; ainda que mais quente fosse do que todos que no inferno ardem.

MACBETH

Então, Macbeth me chamo.

O JOVEM SIWARD

O próprio diabo não poderia pronunciar um título que mais odioso fosse a meus ouvidos.

MACBETH

Não; nem que cause mais temor.

O JOVEM SIWARD

Tirano detestável. Com a ponta desta espada vou provar que mentiste.

(Batem-se; o jovem Siward é morto.)

MACBETH

Tu és fruto de mulher. Para mim nada são os golpes de quem teve esse nascimento.

(Sai.)

(Alarme. Entra Macduff)

MACDUFF

Deste lado é o barulho. Mostra o rosto, tirano! Se não cais por minha espada, perseguido serei eternamente pelo fantasma de minha esposa e pelos de meus caros filhinhos. Impossível me será atacar esses coitados que trazem armas só pelo salário. Ou te encontro, Macbeth, ou na bainha reponho a espada, intacta e sem trabalho. Deves estar ali. Aquela algazarra quer anunciar alguém de grande fama.

Faze que o encontre, ó Fado! Mais não peço.

(Sai. Alarme.)

(Entram Malcolm e o velho Siward.)

SIWARD

Este é o caminho, meu senhor; sem resistência entregou-se o castelo. Estão lutando dos dois lados os homens do tirano. Os nobres thanes nesta guerra deram provas de alto valor. O próprio dia está a vosso favor; já quase nada resta para fazer.

MALCOLM

Vimos de perto como o inimigo lutava.

SIWARD

Aqui está castelo, caro senhor, entrai.

(Saem. Alarme.)

(Volta Macbeth.)

MACBETH

Qual a razão de agir como o romano bobo e furar o corpo com a própria espada? Enquanto vidas eu achar, os golpes serão para elas, não para mim.

(Volta Macduff.)

MACDUFF

Volta-te, cão dos infernos!

MACBETH

Dentre todos os homens só a ti tenho evitado. Retira-te; tenho a alma carregada por demais de teu sangue.

MACDUFF

Não me sobram palavras; minha voz é minha espada, monstro mais sanguinário do que possa expressar qualquer conversa.

(Batem-se.)

MACBETH

É trabalho perdido o teu. Com mais facilidade poderias fender o ar impalpável com tua espada aguda do que sangue do meu corpo arrancar. Deixa que a lâmina caia sobre cimeiras vulneráveis. Ampara-me um encanto; a vida tenho assegurada contra qualquer homem nascido de mulher.

MACDUFF

Perde a confiança em tal encantamento, e que o mau anjo a que serviste até hoje te declare que do ventre materno foi Macduff tirado antes do tempo.

MACBETH

Maldita seja a língua que diz isso, pois com medo deixou a melhor parte de minha intrepidez, e que não sejam cridos jamais esses demônios falsos que nos enganam com palavras dobres e sustenta a promessa feita a nossos ouvidos, sem que a nossas esperanças intacta a deixem nunca. Não pretendo cruzar armas contigo.

MACDUFF

Então, entrega-te, covarde, e vive para te tornares espetáculo e assombro do universo. Como fazemos com esses monstros raros, teu retrato será posto num mastro, tendo embaixo a inscrição: "Eis o tirano!"

MACBETH

Não me rendo; não hei de beijar a terra diante dos pés do juvenil Malcolm, nem de isca servirei para a canalha. Embora Birnam viesse a Dunsinane e tu, que me resistes, não tivesses nascido de mulher, vou tentar o último recurso. Ponho assim, em frente ao corpo, meu escudo guerreiro. Vem, Macduff! E que por todos seja amaldiçoado quem primeiro gritar: "Estou cansado!"

(Saem, lutando.)

(Retirada. Voltam, com tambores e bandeiras, Malcolm, o velho Siward, Ross, thanes e soldados.)

MALCOLM

Desejara que salvos estivessem os amigos que faltam.

SIWARD

É forçoso que alguém pereça. Mas, por quanto vejo, custou barato um dia tão glorioso.

MALCOLM

Falta Macduff e vosso nobre filho.

ROSS

Vosso filho, senhor, pagou a dívida de soldado. Viveu até ser homem; logo que pôde comprovar a força no posto em que, sem vacilar, lutava, como homem pereceu.

SIWARD

Então, morreu?

ROSS

Sim; seu corpo, também, já foi trazido do campo de batalha. Não podemos medir a causa de vosso alto luto pelo mérito dele, o que seria deixá-la sem limites.

SIWARD

Foi ferido na frente?

ROSS

Sim, na frente.

SIWARD

Que soldado de Deus, então, se torne. Se tantos filhos eu

tivesse quanto cabelos, não quisera mais bonita morte para nenhum. Esse é o seu dobre de finados.

MALCOLM

Merece luto maior; disso cuidarei.

SIWARD

Não merece. Dizem que morreu bem; pagou sua quota. Assim, Deus o tenha.

(Volta Macduff, com a cabeça de Macbeth.)

MACDUFF

Salve, rei! Pois que o és. Olha onde se acha a cabeça maldita do tirano. O mundo já está livre. Ora te vejo cercado pelas joias de teu reino, que saudação te enviam do fundo do coração e a cujas vozes associo a minha: sê feliz, rei da Escócia!

TODOS

Sê feliz, Rei da Escócia!

(Fanfarras.)

MALCOLM

Não deixaremos que se passe o tempo sem que com vosso amor nos reconciliemos e, assim, fiquemos quites com vós todos. Meu thanes e parentes, sede condes de hoje em diante, os primeiros que na Escócia tal título recebem. Quanto resta para fazer e que será plantado, segundo as próprias condições do tempo: como o repatriamento dos amigos que para longe foram, para que às malhas fugissem da astuciosa tirania; o julgamento dos cruéis ministros do carniceiro morto e sua esposa tão maldita quanto ele e que, segundo consta, pôs termo à vida com violência, por suas próprias mãos; tudo isso e quanto mais ainda for preciso, pela graça a cabo havemos de levar na medida do tempo e do lugar. Convido-vos, assim, de mui bom grado, para que em Scone me vejais coroado.

(Fanfarras. Saem.)

SOBRE O AUTOR

William Shakespeare nasceu em Stratford-upon-Avon, no condado de Warwick, Inglaterra, no dia 23 de abril de 1564. Foi um grande escritor e dramaturgo inglês, e é considerado o poeta nacional da Inglaterra e o maior dramaturgo da literatura mundial. A arte de Shakespeare compreende 37 peças teatrais, 2 longos poemas e 154 sonetos, além de vários trechos em verso. Suas peças foram traduzidas para todas as principais línguas modernas e são mais encenadas que as de qualquer outro dramaturgo.

Principais obras:

- Comédias: O Mercador de Veneza (1600), Sonho de uma noite de verão (1600), A Comédia dos Erros (1595), Os dois fidalgos de Verona (1594), Muito barulho por coisa nenhuma (1600), Noite de reis (1601), Medida por medida (1604), Péricles, Príncipe de Tiro (1609), Conto do Inverno (1611), Cimbelino (1623), Megera Domada (1594) e A Tempestade (1611).

- Tragédias: Tito Andrônico (1594), Romeu e Julieta (1597), Julio César (1599), Macbeth (1606), Antônio e Cleópatra (1607), Coriolano (1609), Timon de Atenas (1607), O Rei Lear (1604-1608), Otelo (1602-1604) e Hamlet (1603).

- Dramas Históricos: Henrique IV (1598-1600), Ricardo III (1597), Henrique V (1600) e Henrique VIII (1613).

Estudiosos dividem suas obras em três fases: na primeira, teria Shakespeare escrito comédias alegres, peças da história inglesa e tragédias em estilo da Renascença. Na segunda fase, Shakespeare é o dramaturgo barroco das tragédias grandiosas e das comédias amargas. A terceira fase da obra de Shakespeare é marcada por peças menos trágicas. Acredita-se que ele tenha retornado a Stratford em torno de 1613, morrendo três anos depois.